絶代高手

절대고수

강호풍 新무협 판타지 소설

FANTASTIC ORIENTAL HEROES

절대고수 6

강호풍 新무협 판타지 소설

초판 1쇄 찍은 날 § 2011년 11월 25일
초판 1쇄 펴낸 날 § 2011년 12월 2일

지은이 § 강호풍
펴낸이 § 서경석

편집부장 § 권태완
편집책임 § 어정원
편집 § 주소영

펴낸곳 § 도서출판 청어람
등록번호 § 제1081-1-89호
등록일자 § 1999. 5. 31
어람번호 § 제2-2180호

주소 § 경기도 부천시 원미구 심곡2동 163-2 서경B/D 3F (우) 420-822
전화 § 032-656-4452 팩스 § 032-656-4453
http://www.chungeoram.com
E-mail § chungeoram@chungeoram.com

ⓒ 강호풍, 2011

ISBN 978-89-251-2701-9 04810
ISBN 978-89-251-2529-9 (세트)

강호풍 新무협 판타지 소설

FANTASTIC ORIENTAL HEROES

6

절대고수

도서출판 청어람

目次

第一章

유라, 달빛에 물들다

絶代高手

절대
고수

1

서쪽 밤하늘에 걸린 만월의 빛은 오로지 유라에게만 비치는 것 같았다.

무림맹 호광지부의 패잔병뿐만 아니라 복면을 뒤집어쓴 추격자들도 유라에게서 좀처럼 시선을 거두지 못했다. 그야말로 아름다움의 절정이고 극치라 할 만했다.

동시에 놀라운 신위로 복면인을 밟아버린 청년의 정체도 궁금하기 그지없었다.

명진 도사가 청절검에게 급히 물었다.

"아시는 사람입니까?"

청절검이 찰나 머뭇거리다가 답했다.

"한무루 대협과 유라 여협입니다. 저와 매봉이 위급한 상황에 처했을 때 도움을 받은 인연이 있지요."

명진 도사뿐만 아니라 많은 이들이 의아한 표정으로 고개를 갸웃거렸다.

청절검이 이름만 말하는 것으로 보아 별호가 없는 인물이었다. 별호가 없다는 것은 다시 말해 강호에서 주목받는 사람이 아니라는 뜻이고, 동시에 고수가 아니라는 반증이기도 했다.

그러나 오백 위 초인인 청절검이 새파란 청년에게 대협이라는 호칭을 붙인다면 합당한 이유가 있을 터였다.

또한 방금 보여준 무루와 유라의 경신법은 이 자리에 있는 어느 누구도 흉내조차 내지 못할 고강한 경지였다.

무루와 유라를 보는 사람들의 눈에 호기심이 짙어졌다. 하지만 그들이 처한 상황은 궁금증을 풀 여유가 있을 정도로 호락호락하지 않았다.

복면인들은 무루와 유라의 신위가 걸출한 것을 느끼고는 물렸던 철강시들을 다시 전면에 내세웠다.

철강시들은 순식간에 좌우로 퍼져 나가더니 단숨에 반원 모양의 포위망을 구축했다. 정말이지 눈부시도록 빠른 움직임이었다.

호광지부의 패잔병들 중 누군가가 목청 높여 무루에게 질문을 던졌다.

"혹, 봉황문의 지원군이 오고 있는 거요?"

그 물음에는 간절함이 짙게 배어 있었다. 저 일남일녀가 봉황문의 지원군 소속이고, 경공술과 무위가 뛰어나 가장 먼저 도착했기를 바라마지 않는 간절함이 말에 녹아 있었다.

그 질문에 대한 답은 무루가 아닌 복면인에게서 나왔다.

"멍청한 놈들 같으니라고. 아직까지도 상황이 어떻게 돌아가는지 모르는구나. 공격받은 것이 너희들뿐인 줄 아느냐? 지금쯤 봉황문은 황천길을 떠난 지 오래일 것이다. 크하하하!"

득의에 찬 복면인의 말이 사람들에게 가져다준 충격은 실로 매우 컸다. 모두가 아연한 표정으로 입을 쩍 벌렸다. 지금껏 봉황문만 믿고 달려왔는데 갑자기 희망의 실이 뚝 끊어져 버린 것이다.

손에 쥐고 있던 병장기마저 힘에 부칠 정도로 무겁게 느껴졌다. 이젠 달아날 곳도 없었다.

매봉 유화영이 절박한 심정으로 무루에게 외쳤다.

"한 대협! 저들의 말이 사실인가요?"

무루가 유화영을 물끄러미 보며 담담하게 대꾸했다.

"절반은."

유화영의 눈에 이채가 스쳤다.

"절반이라니? 그게 무슨 뜻이죠?"

유화영과 정파 무림인들뿐만 아니라 복면인들까지 궁금한 기색으로 무루의 입을 주시했다.

"봉황문을 향한 공격은 있었다."

"……."

"그러나 봉황문은 이겼을 것이라고 확신한다."

벌판에 서 있는 모든 사람들의 눈동자가 흔들렸다. 복면인 하나가 빽 소리를 질렀다.

"그럴 리가 없다! 봉황문 역시 호광지부처럼……."

무루가 그의 말허리를 끊었다.

"봉황문에 숨어들어 간 간자들은 이미 모두 색출했다."

복면인들이 눈을 부릅떴다.

"어, 어떻게?"

"그것을 궁금해할 때가 아닐 텐데? 지금은 당신들의 목숨을 걱정해야 할 시간이야."

유라가 양손을 비비며 끼어들었다.

"오라버니, 뜸 들이다가 밥 다 타겠다. 언제까지 말장난하고 있을 거야?"

무루가 피식 웃고는 대꾸했다.

"앞길을 뚫어라."

무루의 말이 떨어지기 무섭게 유라가 땅을 박찼다.

발 디딘 곳이 움푹 꺼지는가 싶더니 그녀의 신형이 자리에서 사라졌다.

"헉!"

유라를 보던 사람들의 입에서 헛바람이 터졌다.

눈으로 보면서도 믿겨지지 않는 빠름.

명진 도사가 몸을 부르르 떨며 외쳤다.

"극성의 이형환위!"

저런 몸놀림은 평생 처음이었다. 무당의 어른들인 장로님들에게서도 보지 못했다.

한순간 시야에서 자취를 감춘 유라가 나타난 곳은 길을 막아섰던 일백여 복면인들의 바로 앞 허공이었다.

파라라라!

그녀의 옷자락이 펄럭거렸다. 어느새 그녀 손에 들렸는가? 한 자루 검이 둥근 달을 찔렀다.

슈가가각!

허공을 베며 내려서는 검.

그 검에서 쏟아져 나오는 검기가 유라의 전면을 폭풍처럼 휩쓸었다.

파파파파아아아!

은빛의 검.

짙푸른 검기가 주는 광휘로운 아름다움.

빛의 광채!

그 위로 선연한 붉은 핏방울들이 사방으로 튀었다. 채 제대로 내뱉지도 못한 망자의 비명을 껴안은 채!

"끄어어억! 이, 이건……."

"커흑!"

고통의 단말마는 짧다. 그러나 충격의 폭은 컸다.

슈카카캉!

냉정을 잃지 않았던, 일백여 복면인 중에서 고수에 속하는 이들이 경악하는 와중에서도 칼을 빼 들어 유라의 검기에 맞섰다.

그러나 유라의 검기는 그들의 칼 사이로 빗겨가며 활강하고는 끝끝내 그들의 전신에 적지 않은 생채기를 입혔다.

"으으으. 어디서 저런 마녀가?"

"막아! 공격해!"

창졸지간에 일어난 일에 복면인들은 혼돈에 빠져 정신을 차리지 못했다. 그들 위로 유라의 웃음이 허공을 흔들었다.

"호호호. 이제 시작이야. 엄살떨지 말라고!"

유라는 단 한 번의 공격으로 십여 명이 쓰러진 복면인 사이로 내려앉았다.

빙그르르 도는 그녀의 동체.

살포시 젖혀지는 소매 사이로 드러나는 우윳빛 살결, 흩날리는 머리칼 틈으로 비치는 고혹적인 눈빛, 붉은 입술과 하얀 치아가 달빛을 머금고 서럽도록 고왔다.

　그녀의 손 끝자락에 걸친 은빛 검이 우아한 선을 그리더니 맹렬한 검기를 폭풍처럼 쏟아냈다.

　검신에 맺혀진 핏물마저 다시 튕겨낸 그녀의 칼은 천공으로 솟구쳤다가 달빛을 담아 밑으로 떨어졌다.

　그녀의 모습에 정파인들은 탄성을 흘렸다.

　살갗이 찢어지고 피가 튀기는 중심에 그녀가 있었다.

　달빛이 쏟아지는 그 위로 그녀의 검이 춤을 췄다.

　살 떨리는 장면임에 분명하건만 사람들은 말로 형용할 수 없는 극상의 미(美)를 느꼈다. 달빛 아래에서 만들어내는 그녀의 검무가 너무 아름다워 숨이 막히고 심장이 터져 버릴 것만 같았다.

　태양에 바래면 역사(歷史)가 되고, 달빛에 물들면 신화(神話)가 된다고 했던가!

　어둠을 뚫고 가득 쏟아지는 월광 위로 춤추는 유라.

　그녀의 검무가 만들어내는 자태는 사람들의 눈과 뇌리에 박혀 신화가 되고 있었다.

　고혹적이면서 거침없는 칼 위로 허공이 떨었다.

　펄럭거리는 옷자락과 붉고 하얀 미소가 달빛을 머금었다.

정파인들은 유라가 만들어내는 그 전율스러운 광경에서 눈을 떼지 못했다.

삐이이익!

명적 소리가 울었다.

반대편에 있던, 철강시를 조종하는 복면인이 뒤늦게 정신을 차리고 명적을 불었다. 거의 삼십여 복면인이 쓰러지고 난 다음에 말이다.

아니, 그가 늦게 반응한 것은 결코 아니었다. 유라가 지독히 빨랐을 뿐. 그리고 무엇보다 지독히 아름다웠을 뿐.

복면인 그 어느 누구도 그를 탓하지 못했다.

모두가 최면에 걸린 것마냥 유라의 자태에 넋을 잃었으니까.

철강시들이 움직였다.

유라를 향해서.

그리고 정파인들을 향해서.

"싸, 싸웁시다!"

유라의 활약은 정파인들의 기운을 북돋기에 충분하고 넘쳤다.

태어나 처음 본, 앞으로도 평생 보기 불가능할 것 같은 아름다운 여인이 자신들의 활로를 만들어내기 위해서 싸우고 있다는 생각은 사내들의 피를 뜨겁게 만들었다.

정파인 모두가 늘어뜨렸던 검을 다시 곧추세웠다.

청절검과 명진 도사가 눈빛을 교환하고는 무리의 좌우 앞쪽으로 달려갔다.

전의가 되살아났다고는 하지만 체력이 엉망인 정파인들이었다. 그들에게 철강시의 습격은 재앙이었다.

일단 철강시의 최초 공격을 받아낸 후, 난전으로 만들어야 했다.

강력한 철강시의 첫 공격에 허망하게 무너진다면 가까스로 지펴진 전의의 불꽃도 곧바로 꺼져 버릴 터.

청절검과 명진 도사의 반응처럼 무리들 중에서 상황을 제대로 간파한 정파 고수들이 앞으로 나섰다.

청절검의 입매 사이로 초조한, 그러나 결의에 찬 음성이 흘러나왔다.

"처음을 버텨야 해!"

쿠쿠쿠쿵!

지축을 울리며 달려오는 철강시들의 기세가 정파인들을 잔뜩 긴장하게 만들었다.

명진 도사의 외침이 허공을 세차게 두들겼다.

"최초의 충돌 직후, 전원 공격이오!"

정파인들이 고개를 끄덕거리며 숨을 들이켰다.

생사의 갈림길이 바로 이 지점에서 결정된다는 것을 직감적으로 깨닫고 있었다.

"하아, 하아."

모두가 가쁜 숨을 뱉으며 이를 악물었다.

한편 유화영은 철강시를 보고 있지 않았다. 그녀의 눈은 유라에게 박혀 있다가 명적 소리가 난 후 무루에게 고정되었다.

무루는 유라가 싸우는 모습을 물끄러미 보고 있었다.

달싹거리는 그의 입술.

"녀석. 실전에서 더 강하군. 어쨌거나 예쁜 것이 상당한 장점인 것을 부인할 수가 없단 말이지."

유화영은 그의 혼잣말을 훔쳐 듣고는 고개를 끄덕이며 수긍하지 않을 수 없었다.

자신도 사내라면, 감히 유라를 향해 살수를 쉽게 펼칠 수없을 것 같았다. 그녀를 실력으로 능가하지 못하더라도 어떻게든 죽이는 것은 피하고 생포하고 싶은 마음이 들 것이라 생각됐다.

정말이지 지독하게 아름다워 인간 같지가 않았다. 그것이 유화영으로 하여금 정체 모를 절망감을 느끼게 만들었다. 특히나 무루가 유라를 보며 미소 짓고 있는 것이 왠지 싫었다.

그때 무루가 고개를 돌렸다.

찰나 마주치는 그와 유화영의 시선.

순간 유화영의 가슴이 덜컹거렸다.

두근, 두근두근.

유화영은 이런 자신의 모습이 너무 생경해 이해할 수가 없었다.

철강시들이 몰려들고 있었다.

그런데 왜 자신은 오로지 저 사내에게 못 박혀 있는 것인가?

갑자기 자신을 바라본 무루를 향해 부끄러운 감정이 봇물 터지듯 쏟아져 나왔다. 이렇게 긴박한 순간에 자신이 그만 바라보고 있었다는 것에 뭐라도 변명을 해야 할 것만 같았다.

"나, 나는……."

그녀의 입술이 열렸다. 그러나 무루의 시선은 매정하게도 이미 그녀를 떠났다.

그는 정파인들과 그들에게 달려오는 철강시들을 훑고 있었다.

유화영은 고개를 세차게 흔들었다. 그리고는 들고 있는 검을 힘껏 움켜잡았다.

"내가 미치지 않고서야……."

그녀는 말끝을 흐리면서 감정을 추슬렀다. 싸워야 할 때였다. 그녀는 심호흡을 하며 이를 악물었다.

다가오는 흉측한 철강시들이 마치 자신을 집어삼킬 것 같았다. 저 무지막지한 놈들과 부딪쳐 몇 합이나 버틸 수 있을까?

그 순간 그녀의 눈이 찢어질 듯이 커졌다. 아니, 그녀뿐만
아니라 일전을 준비하던 정파인들의 눈이 동시에 화등잔만
해졌다.

정파인들 앞에 있던 땅이 갑자기 솟구쳤다.

난데없이 벌어진 괴사.

자신들을 둘러싼 거대한 흙벽.

정파인들은 전후좌우를 보며 수군거렸다.

대체 이것이 무슨 조화냐고 눈빛으로 서로 물었다.

마침내 그들의 눈은 한 사내에게 고정되었다.

유일하게 흙벽이 치솟지 않은 방향.

그곳에 무루가 있었다.

유화영이 입을 열어 떨리는 어조로 물었다.

"하, 한 대협이 하신 건가요?"

무루가 답했다.

"알고 있겠지만 철강시들의 급소는 목이오."

말이 끝나기 무섭게 무루가 펴고 있던 손을 휘이 저었다.
그리고 솟구치던 흙벽이 앞으로 쏘아졌다.

쏴아아아.

맹렬한 흙비.

흙 알갱이 하나하나에 강기가 서린 토우(土雨).

갑자기 솟구친 담벼락에 어쩔 줄 모르는 철강시들에게 토우가 덮쳤다.

"케케켁!"

억눌린 비명을 지르며 철강시들이 땅에 처박혔다.

그들의 강철 같은 동체에 구멍이 수백, 수천 개가 숭숭 뚫렸다.

그럼에도 철강시들은 일어서려고 발버둥을 쳐댔다.

고꾸라진 철강시들은 마치 늪에 빠진 것마냥 허우적거리며 안간힘을 써댔지만 어느 누구도 일어서지 못했다. 바닥의 흙들이 철강시들을 잡고 놓아주지 않았다.

황망한 광경에 정파인들뿐만 아니라 복면인조차 넋을 잃었다.

무루가 다시 말했다.

"목을 베시오."

그러나 아무도 움직이지 않았다.

살아서 꿈틀거리는 흙이 두려워서였다. 앞으로 나섰다가는 자신들도 철강시처럼 늪이 아닌 늪에 빠져 버릴 것 같았다.

유화영은 무루를 보았다. 그리고 다시 그와 눈이 마주쳤다. 무루가 고개를 끄덕이자 유화영은 결심을 굳혔다.

어차피 저 사람에게 이미 한 번의 목숨을 구함 받았다. 그런 사람을 못 믿을 이유가 없었다.

그녀는 앞으로 달려나갔다.

물컹물컹.

땅바닥이 마치 솜처럼 부드러웠다. 마치 흐르는 물처럼 흙이 끊임없이 움직이고 있었다. 그러나 그녀의 다리는 밑으로 꺼지지 않았다. 중심을 잡는 것이 약간 불편하기는 했지만 어렵지는 않았다.

"하아압!"

그녀는 있는 힘을 다해 가장 가까운 철강시의 목을 내려쳤다.

서걱!

철강시의 머리가 옆으로 또르륵 굴렀다.

어떤 일이든지 처음이 어려운 법이다.

정파인들은 유화영의 모습을 보고는 앞으로 내달렸다. 그들의 병장기가 허우적거리고 있는 철강시들을 난도질했다.

서걱서걱.

베어지는 철강시.

철강시의 수급이 사방에서 굴렀다.

정파인들은 철강시의 몸이 전에 충돌했던 만큼 단단하지 않다는 것을 간파했다.

굳이 내공을 사용하지 않아도 금강불괴라 불리던 철강시의 몸뚱어리가 쉽게 베어졌다.

이미 무루의 토우에 의해 철강시의 동체가 사실상 완전히 와해된 덕분이었다.

"우와아아아!"

정파인들 사이로 환호성이 솟아올랐다.

가까웠던 지인, 동료들이 이 괴물들에게 숱하게 죽어갔었다.

피눈물을 흘리며 지켜볼 수밖에 없었던 그들은 복수의 환희에 전율했다.

반면 복면인들은 기가 막혔다.

궁극의 살인병기인 철강시가 저렇게 허망하게 사라질 수 있다는 사실이 믿겨지지 않았다.

망연자실한 그들의 눈앞으로 어느새 마지막 남은 철강시의 목이 베어졌다.

정파인들이 양손을 치켜들며 고함을 질러댔다.

"으아아아아아!"

격동에 찬 환희였고 절규였다.

2

승리의 찬가.

아직 복면인들 수백이 남아 있었건만 정파인들은 마치 싸움을 승리로 끝낸 것마냥 고함을 내질렀다.

정신, 마음, 의지.

그것은 분명 체력이나 내공과는 별개의 것이었다.

그러나 정파인들은 자신들의 몸 상태를 잊어버렸다. 대체 어디에 숨어 있었던 것인지, 새로운 활력이 몸 전체로 퍼져 나갔다.

지긋지긋한 철강시라는 괴물을 자신들이 끝장낸 것이 감격스러웠다.

기실 그것을 가능하게 만든 것은 무루였다. 그러나 실제로 목을 벤 자신들의 감정에 취해 버렸다. 어쩌면 그건 동료의 복수를 스스로의 손으로 해냈다는 감정 때문이었을 것이다.

그러나 청절검이나 유화영, 그리고 일부는 들뜬 가슴을 진정시키며 무루를 찾았다. 이 모든 것이 그 덕분임을 그들은 알았다. 이윽고 모든 정파인들의 시선이 무루에게 향했다.

무루가 그들의 시선을 받으며 말했다.

"이젠 저들을 함께 해치웁시다."

무루가 가리킨 곳은 유라가 맹활약하고 있는 곳이었다. 길을 막았던 일백여 복면인들은 어느새 절반으로 줄어들어 있었다.

슈카카캉!

칼과 칼이 부딪치면서 불꽃을 만들어냈다.

일방적으로 밀리던 복면인들도 어느새 진열을 재정비하고
는 유라를 몰아붙였다. 그러나 유라는 여전히 입가에 미소를
지은 채 거침없이 검을 휘둘렀다.

쇄애애액.

호선을 그리며 움직이는 칼!

그녀의 칼이 한번 움직일 때마다 어김없이 복면인의 비명
이 잇따랐다.

무루가 다시 말했다.

"유라를 도와주시오."

그의 말이 떨어지기도 전에 삼백 정파인이 우르르 달렸다.
무루를 스쳐 지나가는 정파인들이 그에게 짧은 말이나 눈빛
으로 감사의 말을 전했다.

"고맙소."

"한 대협, 이 은혜 잊지 않겠소."

"한번 끝까지 싸워봅시다."

"이젠 우리에게 맡기시오."

정파인들은 무루가 상당한 내력을 소진했을 것이라 판단
했다. 그러니 자신들에게 도움의 손을 내밀었을 것이리라.

청절검도 같은 생각을 했는지 무루 옆으로 다가와 멈추고
는 말했다.

"괜찮은 건가?"

무루가 말없이 미소를 머금었다. 청절검은 가까이서 자세히 본 무루의 모습에 충격을 받았다.

무루는 평화롭고 여유로웠다.

엄청난 경신술.

뒤따라 펼쳐진 놀라운 괴사의 주인공.

그런데 그 당사자의 이마에는 땀 한 방울 없었다.

"설마 자네……."

청절검이 침을 삼키며 무루를 주시했다.

무루가 담담하게 속삭였다.

"이 싸움이 끝이 아닙니다."

청절검은 신음을 흘렸다. 그 옆에 있던 유화영도 놀라 고개를 도리질쳤다.

이 남자.

크고 넓고 길게 보고 있었다.

패잔병이었던 자신들을 승리자로 만들려는 것이다.

육신이 아니라 마음에 새겨진 상처는 쉽게 극복할 수 없다. 동료들의 죽음을 담보로 자신들만 도망쳤다는 생각은 큰 후유증을 남길 터였다.

그런데 이 남자가, 자신들은… 패배자가 아니고, 끝끝내 버티고 버텨 승리했다는 자신감을 마음에 심어주려는 것이었다. 동료의 복수를 해주었다는 감정을 만들어주려는 것이었다.

유화영이 뜻 모를 한숨과 함께 말했다.

"정말 생각보다 훨씬 더 대단한 분이시군요. 대체 당신 같은 분이 어떻게 강호에 알려지지 않을 수 있었던 걸까요?"

무루가 대답하지 않자 그녀가 화제를 돌렸다.

"과연 우리가 이 싸움을 승리로 마무리할 수 있을까요?"

그녀의 시선이 뒤로 돌았다. 철강시를 잃어버린 후위의 복면인들 수백이 달려오고 있었다. 그들 역시 무루가 대단한 고수이기는 하나 대부분의 공력을 소진했다고 판단한 것이다.

또한 정파인들이 유라를 도와 앞길을 트려고 하는 모습은 도망치려는 것으로밖에 보이지 않았다.

그들이 외치는 소리가 허공에 울렸다.

"한 놈도 놓쳐선 안 된다."

"모두 잡아 죽여야 한다."

그들은 초조해하고 있었다.

앞쪽의 복면 동료들이 위기에 처했다. 그들이 뚫리면 정파인들은 사방팔방으로 흩어져 도망갈 터.

그렇게 되면 문책을 피할 길이 없어졌다. 가뜩이나 철강시들을 모조리 잃어버렸는데 말이다.

바람처럼 달려오는 복면인들을 보며 무루가 청절검에게 말했다.

"제가 막고 있겠습니다."

"혼자 말인가?"

청절검의 목소리가 은은하게 떨렸다. 그의 대단한 신위를 부인하는 것은 아니었다. 그러나 저들의 숫자가 너무 많았다.

무루가 고개를 끄덕이며 대꾸했다.

"가능한 빨리 뒤쪽의 유라를 도와 마무리져 주시고 저를 도와주십시오."

청절검의 눈이 빛났다.

"알겠네. 이 싸움을 반드시 뒤집어보세나. 최대한 빨리 도우러 오겠네."

"믿겠습니다."

청절검이 복잡한 시선으로 무루를 보고는 몸을 날렸다. 그러나 유화영은 청절검의 뒤를 따르지 않았다.

"소저는 안 가시오?"

유화영이 어깨를 으쓱하고는 빙그레 웃었다.

"저쪽의 싸움은… 저 하나 끼지 않는다고 큰 문제는 없을 것 같은데요."

그녀의 말이 옳았다.

이미 삼백여 정파인이 들이친 곳의 복면인들은 삽시간에 무너지고 있었다.

비록 정파인들의 체력과 내력이 바닥이라고는 하지만 끝

까지 살아남은 자들이었다. 그 말은 한 명 한 명이 모두 무시 못할 고수들이라는 뜻이기도 했다.

아무리 쳐내도 끄떡없는 철강시들이라면 모를까 똑같은 살과 뼈로 이루어진 인간들과의 싸움은 달랐다.

난전에서는 경험이 중요한 법이다. 그리고 지금까지 살아남은 정파인들은 상대의 허점을 노리고 들어갈 만큼 충분한 실력을 가진 자들이었다. 하물며 무신 급을 뛰어넘는 유라가 날뛰고 있으니 복면인들은 안팎의 공세에서 버텨낼 재간이 있을 리 만무했다.

무루가 빠르게 다가오는 복면인들을 향해 발을 내딛자 유화영이 손을 뻗어 팔을 잡았다.

"한 대협, 고강하신 건 알겠어요. 하지만 정말 버티실 자신이 있는 건가요?"

무루는 속으로 웃었다.

버티는 것이 아니라 단숨에 쓸어버릴 수도 있었다.

그러나 자신의 진신 실력을 보여 아직 숨어 있는 진짜 적들에게 경각심을 갖게 만드는 것은 우매한 짓이었다. 적어도 아직은 말이다. 이젠 공력은 접어둔 채 초식으로 싸울 작정이었다.

또한 이번 싸움의 승자는 자신만의 것이 되어서는 안 됐다. 천하 각지에서 벌어지고 있는 싸움. 그리고 앞으로 펼쳐질 수

많은 싸움들.

그 많은 전투들을 위해 희망이 되어야 했다.

연전연패 속에서 정파인들이 불굴의 의지로 버티고 싸워 승리했다는 소식이 천하에 퍼져 나가야 했다.

상대가 불신천하지계로 무림을 분열시키려 한다면, 그 역경을 딛고서 이겨낸 전례가 필요했다. 그리고 그 전례는 바로 지금의 사건이 될 것이리라!

"내 걱정 해주는 것은 고맙지만 지금 적이 너무 가까이 왔다고 생각하지 않소? 소저야말로 더 늦기 전에 뒤로 피했다가 동료와 함께 돌아오시오."

"하지만……."

무루가 싱긋 웃으며 유화영의 어깨를 툭 쳤다.

그 순간 거대한 잠력의 기운이 유화영을 부드럽게 밀어냈다.

주르르륵.

마치 빙판에서 미끄러지듯이 유화영의 신형이 뒤로 이동했다. 그녀는 너무 놀라 몸을 멈추려고 했지만 아무 소용이 없었다.

그렇게 단숨에 이십 장 뒤로 본의 아니게 물러선 유화영은 잠력이 스르르 풀리는 것을 느끼고 나서야 멈출 수 있었다.

유화영의 눈은 화등잔만 하게 커져 불신의 기색으로 무루를 보았다. 대체 어떤 방법을 쓴 것인지 감조차 잡을 수 없었다.

차앙!

무루의 등에서 검이 솟구쳤다.

슈가각!

그의 검이 허공을 베었다.

그러자 유달리 빨리 달려온, 가장 선두의 복면인이 눈을 부릅뜬 채 푹 고꾸라졌다.

그는 죽는 순간까지 자신이 어디가 베여졌는지도 몰랐다. 그가 느낀 유일한 것은 자신 평생에 가장 빠른 발검술을 보았다는 점뿐이었다.

"오라!"

무루의 나직한 말.

분개한 복면인들이 소리를 질렀다.

"그냥 밟고 지나가라!"

"죽여 버려!"

욕설을 듣는 무루의 입가에 희미한 냉소가 걸렸다. 그의 눈에서 섬광이 폭발했다.

무루는 검을 들고 거의 사백여 명에 이르는 복면인을 향해 걸음을 내디뎠다.

第二章
야차왕(夜叉王)과 월광선녀(月光仙女)

절대고수 絶代高手

1

　무루에게 검풍과 검기가 구름처럼 몰려들었다. 선두의 몇
몇이 쏘아낸 강류(强流)가 무루의 전신을 덮쳤다.

　파파파팟.

　입고 있는 흑의의 여러 곳이 찢겨지며 나풀거렸다. 그러나
무루는 냉소를 잊지 않고 전진했다.

　머리와 몸통으로 짓쳐드는 칼들!

　무루의 검이 부드럽게 움직이며 칼들을 튕겨냈다.

　직후에 그 안으로 불쑥 몸을 들이미는 무루. 그의 왼 주먹
이 복면인의 안면을 강타했다.

콰직!

"끄어억."

숨넘어가는 비명이 터졌다.

쇄액, 쇄액, 쇄액.

도검이 잇달아 무루를 덮쳤다. 그러나 무루는 허리를 거의 직각으로 뒤로 젖히며 공세를 피하고는 두 발을 앞으로 찼다.

퍼펔.

두 복면인을 차내며 빙글 공중제비를 도는 무루의 검이 사선으로 흘러 한 장한의 목을 베었다.

"컥!"

목을 부여잡고 털썩 무릎을 꿇는 그의 어깨를 무루가 도약하며 밟고는 검을 세차게 내리그었다.

슈각, 슈각!

다시 두 복면인이 고꾸라졌다.

쓰러지는 한 복면인의 멱을 무루의 왼손이 움켜잡더니 전면을 향해 던졌다.

무지막지한 힘.

명을 다한 거구의 사내가 무루의 완력에 떠밀려 추풍낙엽처럼 뒤로 쓸려갔다.

"피, 피해!"

동료의 시신을 피해 좌우로 갈라지는 복면인들. 그 틈으로 무루가 파고들며 아랫방향으로 검을 흔들었다.

파파파팟!

여러 명이 종아리를 움켜잡고 비명을 질렀다.

연달아 쓰러지는 복면인들.

그렇게 틈은 계속 생겨났고, 무루는 그곳으로 집요하게 파고들었다.

슈카카캉!

칼들이 무루의 머리로 쏟아졌다. 그러나 무루는 슬쩍 검을 머리 위로 흔들며 여유롭게 쳐냈다.

공격을 당하면 어김없이 이어지는 반격. 원래 가장 큰 허점은 공격 뒤에 생기는 법이다.

파팟. 푸욱!

"끄어억."

"빠, 빨라!"

복면인들의 당황이 전염병이 되어 근처로 퍼져 나갔다.

무루는 그들의 안으로 계속 파고들었다.

사백의 복면인들.

그들은 어느새 엉키고 얽혀서 함부로 검기나 검경을 발출할 수도 없었다. 간혹 무리하게 검기를 발출하면 그것은 어김없이 애꿎은 아군만 적중시켰다.

"끄아아악. 이 미친놈아. 왜 나를!"

그들의 전진은 어느새 멈춰 있었다. 진군을 하고 싶어도 할 수가 없었다.

자신들의 품에서 사납게 칼을 휘둘러대는 놈을 방치한 채 어떻게 전진을 할 수 있단 말인가?

"죽여! 대체 뭐하는 거야?"

무루와 떨어져 있는 복면인들은 버럭 성을 냈다.

복면인들의 예측대로 놈은 내력을 많이 소진했는지 거의 초식으로만 싸우고 있었다. 그런데도 그 한 놈을 제압하지 못하고 있으니 답답해 미칠 지경이었다.

반대로 무루를 에워싸고 있는 지척의 복면인들은 곤혹감에 휩싸였다.

금방 잡힐 것 같건만 잡을 수가 없었다.

문제는 무루를 공격한 자들과 그 지척에 있던 자들이 어김없이 죽거나 중상을 입고 있다는 점이었다.

숫자가 주는 치명적인 약점이 있다.

그것은 바로 굳이 자신이 아니더라도 다른 사람이 해줄 것이라는 맹신이다.

무루를 에워싼 복면인들은 점차 시간이 지나면서 굳이 자신이 위험을 무릅쓰고 공격을 해야 하냐는 본능이 발동했다.

그러자 무루가 움직이는 방향으로는 자연스럽게 일단 뒤로 물러나는 경향이 생겨났고, 그것은 더욱 큰 허점을 무루에게 제공했다.

슈가가각. 쇄액. 쇄액!

무루의 초식이 더욱 날카롭고 예리해졌다. 운신의 폭이 넓어지니 변화도 무쌍해졌고, 여유로워진 몸놀림은 어디로 튈지 예측불가였다.

"끄아아악!"

"커컥! 왜 하필 이쪽으로……."

비명과 피가 쉴 새 없이 터졌다.

어느새 무루는 혈인이 되어 있었다. 머리부터 발끝까지 복면인의 피로 흠뻑 젖었다.

핏속에 잠긴 사내.

그가 어둠 속에서 사자후를 터뜨렸다.

"으아아아아아!"

공력이 담기지는 않았지만 심장을 흔드는 고함이 허공을 두들겼다. 복면인들은 그 기세에 압도당하는 것을 느꼈다.

고함과 함께 몸을 솟구치는 무루.

그를 도검과 창이 따랐다.

그중에 가장 긴 창끝, 그 위로 무루가 발을 튕겼다.

빙글 돌며 사 장여를 날아가 복면인들이 운집한 곳으로 떨어지는 무루. 그의 검이 풍차처럼 회전했다.

파파파아아.

단숨에 예닐곱 명이 비명을 지르며 뒤로 나자빠졌다. 그곳에서 다시 시작하는 무루의 살육.

콰직!

그의 주먹이 한 번 뻗으면 복면인의 얼굴이 깨져 나갔다.

서걱!

그의 검이 움직이면 피가 솟구쳤다.

적게는 한 명씩, 많을 때는 여러 명이 그의 움직임 한 번에 쓰러져 나갔다.

그리 길지 않은 시간이었으나 어느새 희생자는 기하급수적으로 증가하고 있었다. 거기에 어처구니없게 우르르 몰리는 동료들의 발에 밟혀 뼈가 부러지는 이들까지 속출했다.

그리고 마침내… 일부에만 존재하던 두려움이란 전염병이 전체로 퍼져 나갔다.

상황이 그렇게 급변하자 무루 주변의 복면인들의 행동도 변했다. 그들은 자제하고 있던 내력을 마구잡이로 발출하기 시작했다.

진신 실력을 제대로 써보지도 못하고 허망하게 당할 수도 있다는 불안감이 이성의 끈을 끊어버린 것이다.

부우우웅.

쇄애애애.

권경과 검기가 무루를 향해 폭사됐다. 그러나 무루는 마치

그것이 올 방향을 짐작이라도 하고 있었다는 듯 쏙쏙 빠져나
갔다.

"끄아아악."

"함부로 내력을 발출하지 마라!"

"빌어먹을! 나보고 어떻게 하란 말이야? 그러지 않고서는
이놈을 당해낼 수가… 어어, 으아아악!"

아비규환이 따로 없었다. 바로 무루가 있는 주변이 지옥이
었다.

"으아아아. 이놈은 야차야! 야차라고!"

무루는 여전히 한 번의 움직임으로 착실하게 한 명 이상의
숨통을 끊었다. 복면인들은 공황상태에 빠지며 서로에게 상
해를 입히면서 피해는 눈덩이처럼 불어났다.

그 광경을 떨어져서 지켜보던 유화영은 숨조차 제대로 쉴
수가 없었다.

단언컨대 천하의 어떤 이도 무루와 같은 모습을 보여줄 수
없을 것이라 확신할 수 있었다. 사백여 고수들 사이를 최소한
의 내력만 사용하면서 거의 초식으로만 휩쓸고 다니는 사람
이 존재한다니!

그녀는 무루의 지금 모습이 먼저 보여준 경신술이나 괴이
한 환술보다 더욱 경이로웠다.

그리 길지 않은 시간에 무루는 저들 중 칠팔십 명을 해치웠

다. 그리고 지금도 그의 검은 상대의 숨통을 끊어내고 있었다.

한 사내의 불굴의 투지가 그녀의 심장을 뜨겁게 만들었다. 그랬다. 저건 투지였다.

그리고 그건 그녀만이 느낀 것이 아니었다.

유라에게 달려갔던 삼백여 정파인들.

그들은 유라와 힘을 합쳐 빠른 속도로 복면인들을 제압해 나갔다. 그렇게 대부분의 싸움이 끝나고 얼마 남지 않은 복면인들을 마무리하는 과정에 진입하자 후위에서 굳이 싸움에 참가하지 않아도 되는 이들이 늘었다.

그들은 무루가 걱정되어 뒤를 돌아보았다.

그리고 그들은 보았다.

무루가 홀로 지독한 싸움을 벌이고 있는 것을.

달빛 아래서 혈인이 되어 싸우는 무루의 모습은 정파인들의 가슴을 벅차게 만들었다. 자신들의 뒤를 지키기 위해 그 홀로 고군분투하는 장면은 감동을 넘어 눈물겹기까지 했다. 동시에 그의 고강한 검술에 탄성을 내질렀다.

그들은 무루가 뒤집어쓴 피가 모조리 복면인의 것이라는 점을 알지 못했다.

그 피의 진실을 알고 있는 것은 유라와 유화영뿐이었다.

명진 도사가 유라를 향해 외쳤다.

"우리는 한 대협을 구하러 가야겠소."

무루의 속내를 알고 있는 유라가 싱긋 웃으며 대꾸했다. 그녀는 이미 무루와 오면서 함께 싸우는 것이 중요하다는 점을 들은 터였다.

"그래. 아니, 그러세요. 남은 이들은 나 혼자서도 충분하니까."

그 말과 함께 유라의 칼이 허공을 삼키며 번개처럼 작렬했다.

슈카카캉! 쩽쩽!

겨우 여덟 남은 복면인들 중 단숨에 셋이 고꾸라졌다.

그녀의 절륜한 무위에 정파인들은 다시 한 번 놀랐다. 보고 또 봐도 대단했다.

유라가 검을 회수하며 말을 이었다.

"나도, 아니, 저도 곧 따라가지요. 어서 제 오라버니를 도와주세요."

그녀의 말이 정파인들의 가슴에 또다시 뭔가를 지폈다. 혹시 한 대협이 이 아름다운 여인의 친오라버니가 아닐까?

"알겠습니다. 한 대협을 구해내겠습니다."

모두가 이구동성으로 외쳤다.

명진 도사 역시 유라를 보며 감탄의 신음을 흘렸다.

여인을 멀리한 자신의 심장이 떨릴 정도로 아름다운 여인

이 저토록 강한 무위를 가지고 있다는 것이 믿겨지지가 않았
다.

"대체 저런 선녀가 왜 여태 강호에 알려지지 않았단 말인
가?"

청절검이 명진 도사의 어깨를 치며 말했다.

"그것이 나도 궁금합니다. 하지만 지금은 한 대협을 먼저
구해내야 합니다."

"예. 그래야지요. 무림동도 여러분, 모두 지쳤음을 아나 한
대협을 도우러 갑시다."

"물론입니다."

"갑시다. 어서!"

모두가 팔을 걷어붙이고 나섰다. 혈인이 되어 홀로 싸우고
있는 무루의 모습은 모두에게 격한 감동으로 가슴에 깊이 새
겨져 있었다. 거기에 유라가 자신의 오라버니를 도와달라는
말은 적지 않은 사심을 갖게 만들었다.

"와아아아아!"

모두가 함성을 지르며 뛰었다.

정신적 육체적 한계가 극에 달했지만 아무도 불평하는 이
없었다. 자신들을 위해 홀로 사백여 명과 악전고투를 하고 있
는 청년도 있지 않은가.

그들이 모두 무루를 향해 달리는 것을 확인한 유라는 남은

다섯 복면인을 향해 싱긋 웃었다.

"이제 끝내자."

"으으으……."

복면인들의 입에서 신음이 흘러나왔다. 이미 그들은 전의를 완전히 상실한 터였다. 유라의 미소가 더 짙어졌다.

"실력의 삼 할을 숨기느라 내가 얼마나 힘들었는지 알아?"

"……!"

유라의 검이 상단으로 올라서 달을 가리켰다.

"그래도 이렇게 끝내면 몸이 뻑적지근할 것 같아서 말이지. 음, 이번에 내가 쓸 검법은 최근에 우리 오라버니의 도움을 받아 완성시킨 거야. 낙성검법(落星劍法)이라고 명명했지."

그리고 그 검이 어둠을 베며 떨어졌다. 순간 다섯 복면인은 눈앞을 가득 메우는 유성우를 보았다.

어둠이 일시 환해졌다가 사그라졌다. 그것이 끝이었다.

유라는 쓰러지는 다섯을 보고는 몸을 돌렸다.

"휴우. 오라버니는 왜 이렇게 싸움을 어렵게 하는 건지. 그냥 다 베어버리면 간단할 것을."

그녀는 툴툴거리며 발걸음을 뗐다. 그러나 그녀의 입가엔 이내 미소가 맺혔다.

"그래도 어쩐지 오라버니의 변화가 나쁘지는 않은 것 같단 말이지. 예전의 차갑기만 하던 오라버니가 다른 사람들을 배려한다는 것은 곧 인정이 생겼단 뜻. 호호호. 인정이 있으면 날 배신하고 딴 여자에게 눈독 들이진 않을 거 아냐? 암! 조강지처 배신하면 천벌받지. 호호호."

천천히 발을 내딛는 유라에게 무루의 전음이 고막으로 파고들었다.

[허튼소리 말고, 어서 와서 도와라.]

무려 칠십여 장을 격한 전음이었다.

유라가 찔끔 어깨를 떨었다가 소리없이 웃었다. 먼 거리를 넘어선 전음입밀보다 자신의 나직한 혼잣말을 엿들었다는 것이 더 충격적이었다. 정신없이 싸우고 있는 와중에 말이다.

"하여튼 못 말린다니까."

그날 밤.

정체불명의 세력에게 연전연패하던 정파무림에 두 개의 승전보가 울렸다.

봉황문의 압도적 승리.

그리고 무림맹 호광지부의 작은 승리.

그 두 승전보는 천하로 퍼져 나가며 작은 희망의 씨앗을 잉태시켰다.

봉황문은 철저하게 준비하면 얼마든지 적을 물리칠 수 있다는 것을 알렸고, 호광지부는 적의 간계에 빠졌더라도 불굴의 의지로 싸우면 마침내 승리할 수 있다는 희망을 안겼다.

물론 그날 즈음으로 해서 천하각지에서 일어난 백여 개의 크고 작은 나머지 싸움은 모조리 정파의 패배였다. 그래도 이 작은 두 개의 씨알은 정파 무인들의 가슴에 불을 지피기에 충분했다.

사람들이란 원래 구십팔과 둘로 결론이 나눠지면 둘에 더 관심을 갖게 마련이었다.

대체 왜 그 둘은 구십팔과 다른 결과를 만들어냈는지 말이다.

어쨌든 무루의 이런 심계(心計)는 성공했다. 그리고 그건 적에게 큰 충격을 주었다.

2

쾅!

주먹이 탁자를 강타했다.

오인 원탁회의 책사는 눈앞에 부복한 수하가 말한 보고를 믿을 수가 없었다.

"말도 안 된다. 계획은 완벽했어. 이, 이건 결코 실패할 수가 없는 계획이었단 말이야."

골백번도 넘게 확인하고 확인했었다.

물론 전황이 길어지면서 여러 가지 변수가 생길 수는 있었다.

그러나 천하불신지계의 최초 계획만큼은 꼼꼼하다 못해 병적으로 집착한다는 말을 들을 정도로 매달렸던 부분이었다.

실패하면 정파인들 간의 불신을 만들어낼 수 없었기에 더욱 고심했었다.

책사는 태사의에 몸을 던지다시피 주저앉았다. 그가 이를 악문 채 얼굴을 한 손으로 감싸자 보고를 올렸던 수하가 눈치를 보며 조용히 밖으로 나갔다.

수하가 사라지자 책사는 다시 한 번 책상을 주먹으로 내려쳤다.

"젠장. 대체 어디에서 신비환의 비밀이 새어나갔단 말인가?"

봉황문은 신비환의 비밀과 간자를 투입한 사실을 미리 간파했다. 그것을 당최 어떻게 알아냈을까?

봉황문에 투입했던 간자들이 모조리 잡혀 버린지라 그 내부사정을 알 수가 없었다. 십중팔구 봉황문은 철통같은 경계와 정보차단에 심혈을 기울일 터이니 앞으로도 그 내부의 정보를 캐내기란 어려울 것이 자명했다.

물론 힘을 그쪽으로 왕창 투입해 봉황문을 쓸어버리면 간단한 일이었다.

하지만 빈대 하나 잡자고 초가삼간을 태울 수는 없는 일이 아닌가.

철저하게 안배된 계획하에 천하 각지에 병력을 나눴다. 다른 곳에서 그 병력을 빼냈다가는 균형이 깨지게 될 터였다.

오인 원탁회나 노야의 직전제자들도 각자 맡은 일을 하느라 분주했고, 마교나 녹림 등등 힘을 쓸 만한 모든 곳도 사정은 마찬가지였다.

분통이 터지지만 당분간 봉황문은 방치할 수밖에 없었다. 호광지부의 삼백 영웅이라 불리는 이들까지 합세했을 뿐만 아니라, 호광성과 주변 지역을 떠돌던 많은 정파인들이 봉황문으로 몰려들고 있었다.

하루가 다르게 규모가 커져갈 봉황문을 상대할 병력을 빼낸다는 것은 불가능했다.

그렇다고 어줍지 않은 이들을 봉황문에 보냈다가 다시 깨지기라도 한다면 그야말로 변명도 할 수 없는 궁지로 몰리게 될 터였다. 늘 자신을 아랫사람처럼 부리고 무시하는 오인 원탁회가 가만히 있을 리 만무했다.

책사는 한숨을 내쉬며 관자놀이를 짚었다.

아무리 곰곰이 생각해 보아도 점령한 천하의 많은 곳을 견

고하게 다지며, 원래의 계획대로 움직이는 것이 최선이었다.

"봉황문. 나중에 너희의 씨를 말려 버리고 말리라."

그는 울분을 토해내며 이를 바드득 갈았다. 이번 일로 인해서 천하불신지계의 위력이 족히 절반은 감소할 터였다.

정파인들끼리 서로 못 믿게 하는 효과를 분명 가져오기는 할 것이지만 철저한 사전조사만 하면 된다는 것을 정파인들에게 심어준 것이다.

그것은 무림일통이란, 바람을 등지고 쾌속하게 순항하는 배가 느려질 수밖에 없다는 의미기도 했다.

"그리고 월광선녀와 야차왕이란 자들은 대체 누구란 말인가?"

호광지부의 패잔병 삼백 명을 도운 일남일녀의 젊은 고수.

물론 그 둘 외에도 자신들이 미처 간파하지 못했던 고수들이 이번 싸움으로 인해 세상에 드러났다.

강남이룡이라는 두 중년 형제들이 그랬고, 황보세가의 소가주, 태극문의 무극천 장로, 점창일검이 특히 눈에 띄었다. 그들 외에도 적지 않은 무명의 숨은 고수들이 등장했다.

하지만 그 숨어 있던 고수들도 대세의 흐름을 막지는 못했다. 기껏 손실을 최대한 줄이며 피한 것이 고작이었다.

그런데 야차왕과 월광선녀의 경우는 전혀 달랐다.

철강시가 투입된 지역이었다.

그럼에도 불구하고 아군이 몰살을 당했다.

물론 철강시를 투입했기에 실력있는 고수들은 많이 배치하지는 않았지만 결과가 이리 나올 것이라고는 손톱만큼도 생각해 보지 않았다.

"끄응······. 강호엔 숨은 기인이사들이 모래알처럼 많다더니."

월광선녀는 강호의 이봉삼화를 무색하게 만들 정도로 아름다운, 가히 고금천하제일미녀라 불릴 만한 여고수이고, 야차왕은 공력은 심후하지 않으나 뛰어난 환술과 놀라운 투지를 가진 검술의 고수라 했다.

그들의 도움과 삼백의 호광지부 정파인들이 신화를 만들었다는 소문이 하루가 다르게 천하로 퍼져 나가고 있었다.

문제는 당시 그들과 싸웠던 이들이 모조리 몰살당한 터라 세세한 정보를 알아낼 수가 없다는 것이었다.

천하의 다른 사람들처럼 소문에 의지할 뿐.

책사는 무엇보다 이 같은 현실이 기가 막혔다.

정보를 담당하고 있던 운풍각의 피해가 너무 컸고, 그나마 운풍각주는 자신이 직접 내린 밀명을 수행하고 있었다.

또한 잔월궁은 궁주를 비롯한 핵심이 죽거나 실종됐고, 최근 들어 잔월궁 수하들마저 정체 모를 누군가에 의해 잇따라 암살당하고 있었다.

현 잔월궁은 자신의 명을 받들기는커녕 스스로를 지키기
에도 버거워하고 있었다.

"허어. 이래서야."

책사는 계책을 만드는 일을 하는 사람이다.

계책을 꾸미는 데 가장 중요한 건 정보였다.

그런데 그 정보 획득에 큰 구멍이 뚫리고 있었다.

물론 그가 얻는 정보는 천하의 어떤 누구, 어떤 세력보다
작지 않았다.

운풍각이나 잔월궁이 아니더라도 적지 않은 방파와 사람
들이 많은 정보를 보내주고 있었다.

문제는 무림정복의 서막이 오른 지금, 그들 대다수는 각자
가 맡은 부문에 치중했기에, 책사가 원하는 것만 집중적으로
파헤칠 여력이 없다는 점이었다.

바로 그 일을 해주는 곳이 운풍각과 잔월궁이었는데 말이
다.

책사는 호광지역의 각지에서 올라온 문서들을 모조리 뒤
지기 시작했다. 수하들이 중요도가 높지 않은 것으로 분류해
서 일단 뒤로 밀어두었던 것을 집중적으로 찾았다.

그렇게 세 시진 가까이 서류에 코를 파묻고 있던 책사의 눈
에서 마침내 기광이 번뜩였다.

"이거군!"

긴급도와 중요도가 상중하 중 하(下)와 중(中)이라 표시된 서신에는 은평채의 녹림도들이 객잔에서 시비가 붙어 죽었다는 내용이 담겨 있었다.

책사는 양손을 목 뒤로 돌려 깍지를 꼈다.

긴급도 하!

지금은 천하일통을 향한 걸음을 내딛은 상태다. 천하 각지에서 큰 싸움이 일어나고 있으니 오십 명의 산적들이 허름한 객잔에서 시비가 붙은 것은 별일이 아닐 수 있었다.

그럼에도 불구하고 아랫것들이 중요도에서는 하가 아닌 중을 낙점한 이유는 은평채 산적들이 바로 자신, 책사의 명을 수행하고 있었기 때문일 것이다.

청송표국을 건드려 보라는 밀명을 말이다.

보고서의 내용을 더 살펴보면 은평채의 산적들이 시비를 건 대상은 무림맹 장로인 청절검과 매봉이었다. 호광지부에서 혁혁한 공을 세운 자들이라고 소문이 나고 있는 인물들.

"하아아. 이런 제기랄."

책사는 한숨을 내쉬었다.

상황은 뻔했다.

그 성정 발랄하고 화끈한 산적 놈들이 매봉의 미모에 혹해 음심을 품고 덤벼들었다가 화를 자초한 것이 자명했다.

책사의 고개가 약간 갸웃거렸다.

청절검과 매봉의 무위가 그렇게 고강했던가?

청절검이 오백 위 초인인 것은 안다. 하지만 산적들이 신비환을 복용했더라면 상황은 달라졌을 터인데.

세세한 내막을 알고 싶었지만 보고서의 내용은 그것이 전부였다.

작은 마을의 객잔에서 살육이 벌어지니 평범한 사람들은 아예 집안에 박혀 문을 걸어 잠그고 이불을 뒤집어쓰고 있었던 것이다. 덕분에 그 객잔에서의 전 과정을 목격한 자가 없었다.

"어쨌든 신비환의 비밀이 여기서 새어나간 것은 분명하군. 그래. 이제 조금 알겠어. 이들이 봉황문에 신비환에 대해 연통을 넣었을 것이야."

책사는 기진맥진한 표정으로 입술을 악 물었다. 산적 놈들이 신비환의 효능에 취해 자만해 방심했다고밖에 생각할 수 없었다. 그리고 청절검과 매봉이 예상보다 더 강하고 똑똑했다는 반증이고.

물론 완전 납득이 되는 것은 아니었지만 이미 벌어진 일이었다. 일단 신비환의 비밀이 새어나간 이유를 아니 가슴 한편이 조금은 가벼워졌다.

그는 천생 책사였다.

예측과 다른 일이 벌어지면 인과 관계를 따지는 성격.

어떤 결과에는 반드시 그 원인이 있게 마련인 것이다.

하나의 의문을 풀었지만 그의 표정은 여전히 어두웠다.

청송표국과 청송장원.

그곳의 주인인 한무루와 수하들의 능력을 알아내려는 일이 다시 원점으로 돌아가 버린 것이다.

벌써 두 번째였다.

놈에 대해 알아내려 할 때마다 일이 꼬여 버렸다. 느낌이 좋지 않았다.

그때 밖에서 시녀가 외쳤다.

"책사님, 운풍각주가 돌아오셨습니다."

책사가 자리를 박차고 일어났다.

"그렇지. 운풍각주가 있었어."

그는 한무루의 정체를 밝혀내기 위한 방법으로 한 가지가 아닌 두 개의 방법을 쓴 것이 내심 만족스러웠다. 은평채는 실패했으나 운풍각주는 뭔가를 파악해 귀환한 것이리라.

"어서 각주를 들라 하라. 지체하지 말고!"

그의 명이 떨어진 지 일다경 정도의 시간이 지나자 운풍각주가 내실 안으로 들어섰다. 그는 여간해서는 표정을 드러내지 않는 얼굴의 소유자였는데 이번엔 달랐다.

입가에 희미하게 드러나는 엷은 미소.

책사는 그의 표정을 보고 일이 잘됐음을 직감했다.

"책사님을 뵙습니다."

"그래. 어서……."

운풍각주를 반기던 책사의 눈이 가늘어졌다.

그는 혼자가 아니었다.

약간 병약해 보이는 청년 하나가 뒷짐을 진 채 운풍각주의 뒤를 따라 내실로 들어서고 있었다.

"허허허. 반갑습니다. 큰일을 도모하시는 책사시라고요?"

늙수그레한 웃음과 어조로 말하는 청년. 그는 구위영이었다. 뒷짐 진 그의 손에 땀이 촉촉이 배어났다.

'이제부터야말로 진짜 시작이다.'

마침내 호랑이 굴에 들어선 그의 눈이 샛별처럼 빛났다. 반면 그를 보는 책사의 눈은 매처럼 날카로워져 전신을 훑었다.

둘 사이에 묘한 기류가 흘렀다.

第三章

기천자(欺天子) 구위영

절대고수 絕代高手

1

낯선 인물을 잠시 훑어본 책사가 눈짓으로 누구냐고 운풍
각주에게 물었다.

"책사님의 명을 수행함과 더불어 큰 선물을 가져왔습니
다."

"그 선물이라는 것이 이 청년인가?"

운풍각주가 특유의 담담하면서도 차가운 미소를 지으며
답했다.

"청년이 아닙니다. 실제 나이는 제 또래인 오십 중반입니
다."

책사의 눈동자가 흔들렸다. 아무리 봐도 새파란 애송이인데.

"반로환동한 초고수라도 된단 말인가?"

"뭐. 그렇게도 볼 수 있겠지요. 이 친구의 능력을 생각한다면 말입니다. 하지만 반로환동은 아니고 주술로 자신의 모습을 다르게 만든 것입니다. 제가 실제 모습을 보긴 했는데, 워낙 추남이라서… 그냥 이렇게 보는 것이 더 낫습니다."

책사의 눈가가 일그러졌다.

야차왕이란 청년 고수가 환술을 썼다고 하더니 이제는 주술이란다. 어차피 그게 그것이겠지만 말이다.

기껏해야 평범한 사람들이나 삼류무사들 정도를 현혹시키는 자들이 왜 갑자기 세상에 나타나 활개를 치는 것인지.

예전 같았으면 단숨에 내쳤겠지만 야차왕의 환술이 엄청났다는 소문이 있으니 이자의 능력도 궁금해졌다.

물론 그런 결정을 하게 된 이유에는 자신의 눈을 완벽하게 속이고 청년의 모습을 하고 있는 신기함도 작용했다.

"그대의 능력으로 무엇을 할 수 있소?"

운풍각주가 먼저 말을 받았다.

"이 친구는 진법에 정통한 실력자입니다. 저조차 감당할 수 없었습니다."

그 말에 책사의 안색이 급변했다.

운풍각주는 십대고수와 동격인 무신 급의 초고수이다. 그런 운풍각주가 감당할 수 없는 자라니!

십중팔구 과장이 들어간 것이라 생각했다.

그러나 약간의 허풍이 섞였더라도 평소 운풍각주의 성정을 감안한다면 이자의 실력이 대단한 것만큼은 사실일 터였다.

구위영이 뒷짐을 풀며 여유롭게 웃었다.

"허허허. 통성명도 하지 않았는데 너무 성급한 것이 아닙니까? 저는 구위영이라고 합니다. 별호는 기천자(欺天子)외다."

책사는 구위영의 말투에서 그가 정말로 노인이라는 것을 직감했다. 말투란 것은 잠깐 흉내낸다고 되는 것이 아니다. 어린아이가 어른의 말투를 흉내내 봤자 우스꽝스럽기만 할 뿐.

그런데 구위영이란 이자의 웃음과 말투는 영락없는 노인이었다. 오랜 시간 몸으로 체득된 웃음과 어조였다.

"기천자. 하늘을 속이는 자라. 후후후. 아주 별호가 거창하구려. 별호가 거창한 사람치고 그에 겸비한 실력을 가진 사람은 별로 보지 못했소만."

책사의 말에 운풍각주가 눈살을 찌푸렸다.

"책사님, 어렵게 설득해 모셔온 사람입니다. 청송장원엔 기실 별것이 없었습니다. 돈이 넘쳐 나 풍류와 주색이나 탐하는 한무루라는 애송이와 그의 돈을 훔쳐 내려는 가신들만 득실득실했지요."

책사의 눈동자에 이채가 스쳤다.

'내가 그자에 대해 과민했던 건가? 그럼 봉황문이 그자에게 접근한 것도 단순히 돈 냄새를 맡은 것인가?

"그런가? 그 점에 대해서는 이따 자세히 듣기로 하지."

"예. 어쨌든 그곳으로 간 게 헛걸음은 아니었습니다. 아니, 아주 횡재를 했다고 할 수 있겠지요. 이 친구를 얻었으니 말입니다. 예전 제갈세가에서… 흠흠. 그것이 너무 여색을 밝히다 파문당했는데 진법에 주술을 접목해 새로운 경지를 스스로 연 천재입니다."

책사는 정색했다.

운풍각주가 이토록 쉬지 않고 칭찬하는 자라면 허투루만 볼 수 없었다. 또한 진법과 주술을 접목했다는 것이 호기심을 자극했다.

구위영이 남세스럽다는 듯이 웃으며 손사래를 쳤다.

"허허허. 이 사람. 면전에서 그리 말하니 쑥스럽구만."

책사가 단도직입적으로 물었다.

"기천자, 어디 운풍각주가 침이 마르도록 말하는 그 능력을 볼 수 있겠소?'

갑자기 구위영의 표정이 싸늘해졌다.

"쯧쯧. 내가 잘못 찾아온 모양이로군. 분명 통성명도 하지 않았다고 언질까지 주었는데 대뜸 말하는 것이 고작 능력부터 보이라는 말이오? 지난 며칠간 안대까지 착용하고 온 나에게? 나를 일개 종처럼 부리려는 심보가 아닌가?"

구위영은 이번엔 당혹해하는 운풍각주를 보며 거침없이 말을 계속했다.

"내 자네의 말만 믿고 기꺼이 영입에 응했는데 헛걸음만 한 것 같네. 아직 손님인 나를 이따위로 대접하니 한솥밥을 먹게 되면 얼마나 날 무시할 것인가?"

"아, 아니. 이보게, 기천자!"

"관두세. 나는 돌아가겠네. 내가 이런 대접을 받으려고 여기까지 왔는가? 차라리 한무루, 그 애송이에게 돌아가겠네. 적어도 그는 내 재주에 감탄하며 은자를 아끼지 않았어. 나는 돈도 좋고 명예도 좋지만 자존심을 건드리면 다 싫어지네."

구위영이 거침없이 내실의 문밖으로 걸어나갔다. 운풍각주가 당황하며 책사를 보았다.

"이대로 보낼 자가 아닙니다. 중하게 쓰실 인재입니다."

책사는 대꾸없이 오도카니 서서 구위영이 나가는 뒷모습을 보았다.

이건 일종의 기세 싸움이었다.

여기서 이기면 수하를 얻는 것이고 밀리면 수하이되 함부로 부려먹을 수 없는 존재가 되어버린다.

물론 그럴 가치가 있다면 그것도 나쁜 것은 아니었다. 문제는 저자의 능력과 배짱이 얼만큼인지 파악하는 것이 우선이었다.

일단 지금까지는 합격점이었다. 저렇게 큰 소리를 치는 것을 보니 겉만 반지르르한 자는 아닐 것이라는 심증이 들었다.

"책사님!"

운풍각주가 얼굴을 와락 구기며 성까지 냈다. 그러나 책사는 요지부동, 아니, 희미한 미소까지 지으며 구위영이 섬돌의 신발에 발을 넣는 것을 구경했다.

그때 구위영이 다시 돌아섰다.

"젠장. 오는 내내 눈을 가리고 있었으니 여기가 어디인지 알 수가 있나? 대체 여기가 어디인가?"

그의 질문에 운풍각주가 반문했다.

"정말 이대로 돌아갈 셈인가? 그 시골에 박혀 자네의 재주를 썩히고 말 것인가?"

"물론. 나를 제대로 인정하지 않는다면 여기에 있을 이유가 없어."

마침내 책사가 말문을 뗐다.

"그 정도의 자신감을 가졌다면 왜 능력을 보여주지 않는 것이오? 나를 흡족하게 할 재주라면 그대를 중용할 것인데."

그와 구위영이 시선이 허공에서 부딪쳤다. 그 눈길에서 불꽃이 튀었다. 구위영이 묘한 미소를 머금으며 대꾸했다.

"나를 경계하는구려."

"후후후. 왜 그렇게 생각하시오? 운풍각주에게 어디까지 말을 들었는지는 모르겠으나 나는 강대한 힘을 조정하는 자요. 그만한 자격은 있다고 생각하는데."

구위영이 대뜸 너털웃음을 터뜨렸다.

"허허허. 허허허헛! 강대한 힘을 조정한다라. 그대가 먼저 자화자찬을 시작했으니 나 또한 질 수 없지. 나는 말이외다, 세상에 어떤 힘도 두렵지 않소이다."

잠시 말을 끊은 구위영의 눈에서 기광이 폭발했다.

"나, 기천자는 마음만 먹으면 어떤 힘도 꺾을 자신이 있소."

책사의 딱딱한 얼굴에 금이 갔다.

"허! 얼굴에 금칠을 해도 정도가 있건만."

"못 믿겠소?"

"그럼 그 허무맹랑한 말을 지금 나보고 믿으라는 것이오?"

"좋아. 그렇다면 보여주지. 어차피 떠나기로 작정한 거 한바탕 놀아주리다."

구위영이 품속에서 한 손으로 청동환을 열두 개 꺼내 들었다. 그 모습에 운풍각주가 질색하며 눈을 부릅떴다.

"이, 이보게. 나, 나는 자네 편일세!"

운풍각주의 말에 책사가 어처구니없다는 표정을 지었다. 무신지경의 고수가 겨우 저 구슬들을 보고 호들갑을 떠는 것이 당최 이해되지 않았다.

정말로 무신 급의 고수마저 두려워하게 만드는 뭔가가 있단 말인가? 그저 허장성세만은 아니었단 건가?

운풍각주는 정말로 심각한 표정으로 경계심을 드러내며 검파에 손을 올렸다.

순간, 책사는 가슴 깊은 곳에 숨겨두었던 뭔가가 치밀어 오르는 것을 느꼈다. 그것은 아무도 모르게 꾹꾹 눌러두었던 감정이었고 상상이었다.

이자가 정말 어마어마한 능력을 가졌다면?

책사는 자신이 흥분하고 있음을 느꼈다. 늘 상상으로만 꿈꾸던 것이 가능할지도 몰랐다.

노야.

그리고 그분의 직전제자들.

그 밑의 오인 원탁회와 마교.

그리고 자신.

서열 사 위에서 삼 위로 올라설 수 있었다.

자신을 무시하며 종처럼 부려만 먹으려는 오인 원탁회보

다 위로 올라설 수 있다는 말이다!

그건 마교마저 마음대로 부릴 수 있는 권한을 가지게 된다는 뜻이었다!

지금처럼 계책을 세워 건의를 하는 것이 아니라 지시와 명령을 내리게 된다는 것이다.

나름 합당한 이유만 있다면 마교주와 오인 원탁회의 생살여탈권까지 쥘 수 있었다.

책사는 운풍각주처럼 자신에게 충성을 맹세한 녹림과 몇몇 곳을 떠올렸다. 기실 어마어마한 힘과 세력이 그에겐 있었다. 그러나 마교나 다섯 세력이 똘똘 뭉친 오인 원탁회에 비해 압도적인 능력을 가진 고수의 숫자가 밀렸다.

그의 짧은 상념을 구위영의 차가운 음성이 깼다.

"내 눈을 가리고 올 때 짐작한 것이 있소. 이토록 비밀스럽게 움직인다면 나가기가 만만치 않을 것이란 점."

책사가 미소를 지으며 대꾸했다.

"맞소. 그러니 기천자 당신의 선택은 둘 중 하나요. 내 앞에 무릎을 꿇고 충성의 서약을 하거나 아니면 죽어서 나가거나."

그리고 또 한 가지가 있었다.

그의 능력이 자신이 꿈꿔온 것과 상응한다면 자신과 함께 한편이 되는 것이다. 천하일통 후의 새로운 권력지도를 꾸밀

한편이 말이다.

구위영은 책사의 눈이 유달리 빛나기 시작한 것을 주시하며 대꾸했다.

"그런데 말이오. 나는 살아서 나갈 자신이 있거든."

운풍각주가 끼어들었다.

"이보게, 기천자. 그건 불가능하네. 물론 자네의 능력은 인정하나 이곳에 있는 고수들을 자네 혼자서 감당할 수는 없어."

구위영이 어깨를 으쓱거렸다.

"나갈 수 있다. 물론 나도 적지 않은 피해를 입긴 하겠지만."

구위영이 손에 쥐고 있던 구슬을 사방으로 뿌려댔다. 그리고 다시 열두 개의 청동환을 꺼냈다.

운풍각주가 입술을 깨물었다.

"끝까지 이렇게 나오면 나도 자네를 더 이상 봐줄 수 없네. 아깝긴 하지만 자넬 죽일 수밖에."

"허허허. 그대가 나를 어찌할 수 있다고 생각하는 건가?"

구위영의 말에 운풍각주의 얼굴이 일그러졌다. 그 모습에 책사의 호기심과 기대감이 점점 고조됐다.

그는 운풍각주가 공격할 자세를 취하자 손짓으로 만류하며 외쳤다. 그의 음성이 흥분으로 자못 들떴다.

"좋소. 보여보시오, 당신의 능력을. 기대 이상이라면 내 무례를 사과하고 그대를 중용하겠소. 직책이 내 밑이라도 그대를 존중할 것이며, 그대가 한무루라는 애송이에게 받았던 대우의 열 배를 줄 것이오. 또한 천하에 그대의 이름이 진동하도록 만들어주겠소. 권력! 돈! 여자! 원하는 것은 무엇이든 줄 것이오. 지금 내가 생각한 기대를 만족시킬 수만 있다면!"

솔직히 책사는 기천자가 자신의 기대를 만족시킬 것이란 생각은 하지 않았다.

그래도 금단의 상상이란 유혹적이고 달콤한 법이다.

오만하고 콧대 높은 오인 원탁회와 마교의 수뇌부를 밟는 그 상상은 말이다.

구위영의 입꼬리가 씩 올라갔다.

기실 그는 책사를 도발시킬 작정을 했다. 그래야 앞으로의 처세가 수월해질 것이기에.

하지만 생각보다 더 격한 책사의 반응에 앞으로 뭔가 재미있는 일이 벌어질 것을 직감했다. 그것이 어떤 것인지는 알 수 없으나 흥미진진하다는 것만으로도 묘한 쾌감이 일었다. 적어도 나쁜 방향이 아닐 것 같은 직감이 들었다.

"허허허. 그 말을 기다렸소."

청동환이 허공을 날았다. 그의 입술에서 나직한 주문이 흘러나왔다.

2

책사의 안색이 붉으락푸르락 변했다. 운풍각주는 황망한 표정을 지었다.

기천자가 뭔가 거창한 것을 내놓을 것이라 여겼다. 그런데 아무것도 없었다.

책사의 노염이 터졌다.

"지, 지금… 그대는 나를 놀리는 건가?"

구위영이 여유롭게 뒷짐을 지고는 섬돌 아래로 내려서 제법 규모가 큰 마당을 거닐었다.

담벼락 주위에 있는 나무들이 앙상한 가지를 뻗어댔고, 주변의 화원엔 언 땅이 봄만을 기다리고 있었다.

책사와 운풍각주가 대청마루로 나와 느릿느릿 움직이는 구위영을 보았다.

책사의 분노가 다시 쏟아졌다.

"나를 놀리다니! 후환이 두렵지도 않은가?"

구위영이 씩 웃으며 돌아서 책사를 마주 보았다.

"아직 모르겠소?"

당당한 그의 반문에 책사가 주춤거렸다.

"무슨 뜻이지?"

그때 운풍각주가 눈을 빛내며 입을 열었다.

"다르군."

책사가 의아한 시선으로 고개를 돌려 물었다.

"다르다니?"

"달라졌습니다, 공기의 흐름이."

"응?"

"방금 전까지 불던 바람도 사라졌습니다."

그제야 책사의 눈이 화등잔만 하게 커졌다. 그러고 보니 기천자의 머리칼을 이리저리 흔들리게 하던 바람이 사라졌다. 그의 옷자락을 펄럭이게 하던 그 바람이 온데간데없이 없어졌다.

"그, 그냥 바람이 멎은 것일지도. 아니, 설사 그렇다고 해도 이게 무슨 위력을 가진단 말인가? 그저 바람을 막는 무형의 진 따위가."

책사가 마당으로 뛰어나와 주변을 훑었다. 그의 표정에 실망감이 짙어졌다.

그러나 운풍각주는 긴장한 얼굴로 주변과 허공을 꼼꼼히 탐색했다. 그의 신형에서 흘러나온 기가 사방으로 퍼져 나갔다.

그가 구위영에게 말했다.

"나를 가뒀던 진과 같으면서도 다르군."

그 말에 책사의 눈이 빛났다. 무신지경의 고수를 이와 비슷한 진으로 가뒀었단 말인가? 그게 가능하단 말인가?

구위영이 씩 웃었다.

"허허허. 원리는 같지만 응용은 무궁무진한 것이 진법이라네."

운풍각주가 대청을 몇 걸음 거닐며 물었다.

"그때의 진은 나를 옴짝도 하지 못하게 만들었지. 그러나 이건 뭔가? 자유롭지 않은가?"

"그렇게 생각하나?"

책사가 참지 못하고 물었다.

"이 진의 비밀을 말해보시게."

"아주묘용진(我主妙用陣)."

"……?"

"이 진의 주인은 오직 나뿐이오. 그 어느 누구도 나를 해할 수 없고, 나는 어느 누구도 죽일 수 있소."

책사의 검미가 꿈틀거렸다. 곧이곧대로 믿기엔 너무 허무맹랑했다.

"그게 대체 무슨 말인가? 그대는 지금 내 눈앞에 있고, 이렇게 만질 수도 있는데……."

책사가 구위영에게 다가가 어깨를 잡으려는 순간, 그의 신형이 흐릿해지더니 사라졌다.

"……!"

책사는 눈을 의심하며 어깨를 잡으려던 자신의 손을 보았다가 이윽고 고개를 돌렸다. 일곱 걸음 뒤에서 반짝이는 빛의 알갱이들이 뭉치더니 이윽고 기천자의 모습으로 화했다.

"이럴 수가!"

책사가 다시 그를 향해 다가서자 구위영이 손을 내저었다.

"만져봤자 또 사라질 뿐이외다."

책사의 눈이 대청의 운풍각주를 향했다.

"실체는 어디에 있지?"

그렇지 않아도 운풍각주는 전 내력을 사용해 기감을 최대한 끌어올린 상태였다. 그의 이마에서 땀방울이 송송 솟아났다. 그렇게 반 각이 지난 후 운풍각주가 한숨과 함께 고개를 저었다.

"찾을 수가 없습니다."

"하! 하하하!"

책사가 웃음을 터뜨렸다. 그 짧고 격한 웃음 뒤에 질문이 따랐다.

"좋소. 무신지경의 고수가 못 찾는다고 하니 대단하다는 것을 인정할 수밖에. 그러나 정말 중요한 건 상대를 해치울 수 있냐는 점이 아니겠소? 그건 어떻게……."

책사가 말을 끊고 입을 쩍 벌렸다.

숨을 쉴 수가 없었다. 보이지 않는 누군가가 자신의 목을 옥죄고 있었다.

"커, 컥."

책사는 질식사할 것 같은 두려움을 느끼며 손발을 마구 휘둘렀다. 그런데 아무것도 그의 손발에 걸리는 것이 없었다. 결국 자신의 손으로 목을 죄고 있는 투명의 손을 떼어내려 했다.

그런데 그곳에도 걸리는 것이 없었다. 아무리 목 주변을 잡고 세차게 문질러 보아도 그건 자신의 목일 뿐이었다.

"커억! 마, 말도 안 돼!"

운풍각주가 질겁해 뛰어나와 소리를 질렀다. 허상인지는 알았지만 물끄러미 바라보며 서 있는 구위영을 향해 외쳤다.

"노, 놓아주게, 어서!"

그 외침에 허상의 구위영이 웃음을 터뜨렸다.

"허허허. 그냥 장난친 것뿐이야."

순간 책사의 목조임이 풀렸다. 책사는 엉덩방아를 찧으며 바닥에 주저앉았다.

"책사! 괜찮으십니까?"

"각주! 저자를 베어라!"

책사의 손가락 끝이 허상이라는 구위영을 향했다.

운풍각주는 잠깐 망설였지만 명대로 검을 베었다.

파앗!

검이 지나가자 구위영의 신영이 흐릿해지더니 사라지고는 다시 빛 알갱이들이 모여 책사와 운풍각주 사이에 섰다.

"으으……."

책사는 다시 모습을 드러낸 허상의 그를 보며 진저리를 쳤다. 운풍각주 역시 이마의 식은땀을 훔쳤다.

"기천자, 역시 자네는 대단하군."

"허허허. 뭐, 이 정도야. 더 구체적인 것을 원한다면 벼락 몇 방을 때려볼까?"

"헉! 돼, 됐네."

운풍각주가 펄쩍 뛰며 뒤로 물러섰다. 그러나 책사는 아니었다. 하나라도 더 알고 싶었다.

"벼락이라니. 그게 뭔가?"

"확인하고 싶소?"

"당연하지."

번쩍!

"끄어어억!"

책사는 발랑 자빠진 채 사지를 부르르 떨었다.

운풍각주는 결코 기억하고 싶지 않은 과거가 떠올라 괴로운 표정으로 고개를 돌렸다.

구위영이 말했다.

"살짝 한 거요. 약간의 충격만 준 것이지."

책사가 격하게 숨을 내쉬며 물었다.

"죽일 수도 있단 말인가?"

"당연한 것 아니겠소?"

"대단하군."

"허허허. 이 정도는 장난이오. 난 이보다 훨씬 더 강력하고 치명적인 진을 수백 가지 더 펼칠 수 있소."

"어떤 고수라도 죽일 자신이 있단 말인가?"

"나와 원한도 없는 이들의 피를 보는 건 내 취향이 아니지만 필요가 있다면 얼마든지. 아! 그리고 내 취향은 생포해서 가지고 놀기를 좋아하는 편이외다."

책사가 혀를 내둘렀다.

"흐흐흐. 잔인하군."

"그것이 싫소?"

"아니. 그것도 마음에 드오."

책사는 헝클어진 옷을 정리하다가 눈을 빛냈다.

"기천자, 그런데 이상하군. 난 벼락을 맞았는데 어찌 이리 멀쩡한 것이오? 머리카락도, 옷도 하나도 타지 않았소."

구위영이 피식 웃었다.

"그거야 내가 그렇게 조절했으니까."

"흠……. 확인하고 싶군."

"뭘 말이오?"

"죽일 수 있다는 거."

"……."

"내 시비를 그 벼락으로 죽여보시오. 그게 마지막 시험이오. 그것만 보여주면 아까 내가 약속한 것을 그대에게 제공할 것이외다."

구위영은 갑작스런 그의 제안에 당황했다.

"당신의 하녀라면 죽일 필요까지야……."

"신경 쓰지 않아도 괜찮소. 하녀는 넘치니까. 모자라면 또 납치해 오면 되고. 기천자, 설마 환상만 만들어내고 죽이지는 못하는 건 아니오?"

진 속에 숨어 있는 구위영은 입술을 질끈 깨물었다. 물론 허상의 구위영은 여유롭게 웃고 있었지만.

책사의 눈이 날카로워졌다.

"내가 진법을 익히지는 않았지만 조금 공부한 것은 있소. 그런데 그 진법이란 것이 사람을 죽일 수가 없었소. 환상에 가둬 기진맥진하게 만들 뿐이지. 그래서 그 당사자가 스스로 목숨을 끊게 만드는 것. 그런 진은 별로 효용이 없소. 아무리 진이 단단해도 의지가 강한 고수들이라면 몇 날 며칠이라도 버텨낼 테니까. 시간적으로나 효율적으로 낭비가 아니겠소?"

구위영은 속으로 한숨을 삼켰다.

"내 진은 주술을 접목해서 그 단점을 극복했소."

책사가 손뼉을 치며 반색했다.

"그래. 바로 그거요. 그걸 내 눈으로 확인하고 싶은 거요."

책사가 시비를 불렀다.

"삼월아, 어디 있느냐?"

구위영이 말을 받았다.

"아무도 이 안으로 들어설 수 없소. 주변에 있어야 할 당신의 호위무사들이 지금까지 잠잠한 것을 보면 모르겠소? 허허허. 지금 호위들이 밖에서 난리를 치고 있소."

"호오. 정말이지 보고 들을수록 더 대단한 진이군. 좋아. 진을 잠시 열어주시게. 계집종이 들어올 수 있게."

"아까 당신 목을 조르던 것을 보면 죽일 수 있다는 것을 짐작하고도 남음이 있지 않소?"

"그것도 환상일지 내 어찌 알겠소? 대체 겨우 계집종 하나 가지고 왜 이리 빼는 것이오?"

책사가 이해할 수 없다는 표정을 짓기 시작했다.

구위영은 침묵했다.

그의 가슴속에서 천불이 일었다.

겨우 계집종 하나의 목숨이라니. 너희 같은 악당 수천보다 더 귀한 목숨이거늘!

그의 꽉 쥐어진 주먹이 부들부들 떨렸다.

익히 알고 있었지만, 바로 이것이 정사의 구분 중 하나라는 것을 구위영은 다시 한 번 인식했다.

정(正)은 이미 목숨을 내놓고 강호무림에 뛰어든 사람들인 무림인하고만 생사투(生死鬪)를 겨룬다. 하지만 사(邪)는 평범한 사람들의 목숨도 함부로 취한다는 것을 말이다.

그리고 지금 자신은 거대한 사(邪)의 요체에 들어와 있었다. 단순한 사파가 아닌 천하인들을 도륙하고 있는 악(惡)의 중심부에 있다는 것을 절감했다.

운풍각주도 의아한 눈길로 구위영을 재촉했다.

"뭐하는 건가? 어서 잠시만 진을 여시게. 어서 자네의 능력을 보여주고 좀 쉬어야 할 것 아닌가?"

구위영이 어색함을 숨기고 미소를 지었다. 그런 그의 눈 깊숙한 곳에서 살기가 슬그머니 흘러나왔다.

"허허허. 미안하지만 말일세. 그럴 수가 없을 것 같군."

그의 등이 꼿꼿하게 섰다. 입가에 어린 미소가 짙어졌다.

운풍각주의 눈이 흠칫 흔들렸다.

지금 그는 미약하지만 강력한 기운을 포착했다.

이건… 살기였다.

"자네 지금… 뭐하려는 것인가?"

딸깍.

운풍각주의 검이 검집에서 살짝 하얀 검신을 드러냈다. 책사는 심상치 않은 흐름에 뒤로 주춤거리며 물러났다.

허상으로 보이는 구위영이 양손을 들었다. 두 손의 검지와 중지 사이에 잡혀 있는 청동 구슬.

그 순간 셋이 있는 공간이 지진이라도 인 것마냥 거칠게 흔들렸다.

第四章

호랑이 굴에 안착하다

절대고수 絕代高手

1

　칠 척 거구의 장한.

　쭉 찢어진 사금파리 같은 눈에서 기이하게 푸른빛이 나오
는 사내.

　민소매의 무명옷을 입은 그의 팔뚝은 어지간한 사내의 허
벅지보다 굵었는데, 피부 위로 힘줄과 혈관이 뱀처럼 꿈틀거
리며 씰룩거렸다.

　그의 좌우 어깨 뒤로는 장창이 하나씩, 그리고 단창이 세
개씩 총 여덟 개의 창이 삐죽 모습을 드러내고 있었다.

　그는 노야의 직전제자 중 하나인 창공(槍公)이었다.

노야의 밀명을 책사에게 전하러 온 그는 접빈당주의 안내를 받아 이동하는 중이었다.

전각 사이를 성큼성큼 걷던 창공이 갑자기 발걸음을 멈췄다. 그가 멈추자 초로의 접빈당주가 의아한 시선으로 돌아보았다.

"왜 그러십니까?"

"재미있군. 이곳에 진법을 익힌 자도 있었나? 상당한 수준인데."

접빈당주가 고개를 저었다.

"없습니다만. 왜 그러십니까?"

"저쪽에 거대한 무형의 장막이 펼쳐져 있다. 이건 공력을 빌린 병장기에 의한 것이 아니야. 진법을 이용한 것이지. 그렇지 않고서는 저리 촘촘히, 변함없이 기가 고정될 수 없지. 기라는 것은 언제나 흐르는 것이니까."

"……?"

"예전에 찾아왔을 때의 기억으로는… 저쪽은 책사의 거처가 있는 곳 같은데. 그자가 이런 재주까지 있었나? 놀랍군."

접빈당주가 허리를 깊이 숙이며 답했다.

"소신 무슨 말씀을 하시는지 모르겠습니다. 하지만 책사가 진법을 익혔다는 것은 금시초문입니다."

창공의 푸른 안광이 잠시 짙어졌다가 서서히 가라앉았다.

그의 입꼬리가 뒤틀리며 묘한 미소를 만들었다.

"누가 진을 펼쳤는지는 가보면 알겠지."

그가 접빈당주의 앞으로 나서 발걸음을 빨리했다. 그러자 접빈당주가 그의 뒤로 냉큼 따라붙었다.

몇 개의 전각을 지나고 담벼락을 도니 제법 큼지막한 담장에 휩싸인 전각이 위풍당당하게 모습을 드러냈다.

군사전(軍師展)!

책사가 거처하는 건물이었다.

그 담벼락 주변으로 수십의 호위병들이 어쩔 줄 몰라 웅성거리고 있었다.

접빈당주는 그들 틈 속에서 창공께서 방문하셨다는 소식을 먼저 책사께 알리라고 보낸 문지기를 발견했다.

"이놈아, 거기서 뭐하고 있는 것이냐?"

접빈당주의 외침에 호위병들이 허리를 숙였다. 그들은 접빈당주와 함께 있는 인물이 창공인지 몰랐다. 만약 알았다면 땅바닥에 엎드렸을 것이다.

"아이고, 당주님. 이게 무슨 조화인지 모르겠습니다."

문지기가 흙빛이 된 얼굴로 달려와 바닥에 부복했다.

"군사전 안으로 들어설 수가 없습니다. 문이 강철마냥 단단히 잠겨 있고 담벼락을 뛰어넘으려 하면 기이하게도 담장에서 이상한 기운이 튀어나와 밀어냅니다. 안에서 아무 말도 없으니 함부로 힘을 쓰기도 어려우니 모두가 눈치만 보는 상황입니다."

혀를 차며 듣던 접빈당주가 창공의 눈치를 살피며 문지기를 꾸짖었다.

"그게 무슨 얼토당토않은 얘기냐?"

"당주님, 정말입니다. 저기 있는 호위무사들을 보시면 아실 것입니다."

문지기가 억울하다는 듯이 항변했다. 접빈당주가 확인하기 위해 나서려는 것을 창공이 제지했다.

"모두 뒤로 물러나라."

누구의 명인데 거역할 수 있겠는가?

접빈당주가 물러서자 주변의 모든 무사들도 주춤거리며 자리를 비켰다. 창공은 천천히 걸어서 군사전의 정문 앞에 섰다.

"후후후. 아주 흥미롭군."

그가 양손을 앞으로 펼쳤다. 그러자 손에서 강대한 기운이 솟구쳤다.

그의 눈빛처럼 푸른빛이 넘실거리는 그 기운은 앞으로 파도를 치며 이동했다. 이윽고 푸른 기운이 정문에 닿자 수많은 곳에서 불꽃이 튀었다.

"호오. 막아낸다."

창공이 감탄하며 공력을 더 끌어올렸다. 그러자 그의 안광과 더불어 안개처럼 퍼져 있던 기운의 빛이 짙어졌다.

쿠쿠쿠쿵!

굉음이 일었다.

바로 그 순간 군사전에 있던 구위영과 책사, 그리고 운풍각주는 지진을 느꼈다.

구위영의 손에서 청동환이 날았다.

파파파팟.

정문 주변으로 박혀드는 구슬들.

"삼마오니 사하미루 아라사아⋯⋯."

구위영의 입에서 주문이 흘러나왔다.

영문을 알지 못하는 책사와 운풍각주는 뒤로 물러서며 구위영과 정문 쪽을 바라보았다.

점차 지진이 잦아드는가 싶었다. 하지만 군사전 밖의 창공이 장창을 꺼내 정문의 한가운데를 찌르자 폭음이 터졌다.

콰아아앙.

박살이 나는 정문.

그 안으로 창공이 들어섰다.

그는 빠르게 내부를 훑고는 낯선 인물, 구위영을 직시했다.

"이 진을 만든 자가 너인가?"

책사와 운풍각주가 들어선 자의 정체를 보고는 대경해 한쪽 무릎을 꿇으며 부복했다.

"창공을 뵙습니다."

"창공을 뵈옵니다."

그 둘의 반응에 구위영의 눈동자가 흔들렸다.

'노야의 직전제자 중 하나군.'

구위영은 적검왕에게 들은 노야의 직전제자를 떠올렸다.

창공!

창을 귀신같이 사용하며 성격이 화통하다. 그래서인지 추진력 또한 대단했다. 그러나 노야의 대부분 제자들이 그렇듯이 자신을 거스르는 자는 가차없이 죽이는 잔인한 성격의 소유자라 했다.

노야의 직전제자 중 가장 직설적 성정을 가진, 이른바 행동대장 같은 인물.

좋아하는 사람은 그냥 좋아하고, 한번 싫은 상대는 나중에 아무리 아부를 해도 무조건 싫어하는 사내.

노야의 제자 중 가장 싸우는 것을 즐겨서 비무나 싸움이라면 잠자다가도 벌떡 일어난다고 했다.

단순한 자이다.

그러나 그래서 더 까다롭기도 했다. 처음에 찍히면 관계 회복이 불가능한 놈.

구위영은 속으로 웃었다.

갑자기 출현한 이자가 곤혹스러울 수 있었다. 하지만 구위영은 이자가 반갑기 그지없었다.

창공의 등장으로 인해서 애꿎은 시비 한 명을 죽이지 않아도 될 것 같으니까. 아니, 정확히 말하면 책사와 운풍각주를 죽이고 도망쳐도 되지 않을 테니까.

창공은 책사와 운풍각주의 인사도 외면하고 다시 구위영에게 외쳤다.

"이 진을 만든 자가 너냐고 물었다!"

구위영이 어깨를 으쓱하며 대꾸했다. 피를 보는 것은 하녀가 아니라 이놈으로 한다!

"댁은 누구십니까?"

구위영의 도발.

"댁? 크하하하!"

창공이 광소를 터뜨리다가 눈살을 찌푸리며 고개를 뒤로 돌렸다.

자신이 박살 낸 군사전의 정문.

그것이 다시 보수되고 있었다. 빛의 알갱이들이 무너진 정문으로 몰려들더니 그전과 똑같은 모습으로 복구시켰다.

창공이 고개를 다시 앞으로 돌려 구위영을 보았다.

"무너진 진을 회복시킨다는 건 무슨 뜻이지?"

"초면에 반말. 듣기 거북하군요."

"감히!"

"그리고 착각하고 있는 것이 있는 것 같은데. 진은 무너진 적이 없소. 내가 당신을 들어오게 허락한 것이지."

"……!"

창공의 눈동자가 흔들렸다. 책사와 운풍각주는 구위영의 거침없는 말에 숨조차 쉬기 어려웠다.

책사가 급히 끼어들었다.

"기천자! 당장 예를 취하시오! 이분은 당신이 함부로 대할 수 있는 분이 아니오."

구위영이 빙그레 웃었다.

"책사께서 내 진의 살상 능력을 보고 싶다고 하지 않으셨습니까? 힘없는 시비보다야 강한 자가 더 좋겠지요. 안 그렇습니까?"

책사는 기가 차서 말문조차 떼지 못했다.

하룻강아지 범 무서운 줄 모른다더니. 우물 안 개구리 세상 넓은 줄 모른다더니.

지금이 딱 그 꼴이었다.

운풍각주가 고개를 저으며 낮게 으르렁거렸다.

"자네, 미쳤군. 이분은 나 같은 무신지경의 고수 여럿이 달려들어도 건드릴 수조차 없을 정도로 고강한 분이시네. 천

상천(天上天)! 바로 하늘 위의 하늘과도 같은 존재시란 말일세!"

책사가 창공을 향해 말했다.

"창공! 이자의 재주가 남다른 데가 있어 영입하려는 참이었습니다. 갓 들어온지라 아직 아무것도 모르니 용서를 해주십시오."

책사와 운풍각주의 얼굴에서 비 오듯 식은땀이 흘렀다. 기천자의 객기가 자신들에게 불똥이 튈까 전전긍긍했다.

구위영이 아무것도 모르는 척 태연자약한 얼굴로 어깨를 으쓱거렸다.

"혹 이곳의 수장이십니까? 그렇다면 실례했소이다."

창공은 굳은 얼굴로 구위영을 쏘아보았다.

쭉 찢어진 그의 눈매에서 쏟아져 나오는 푸른 안광은 감히 마주하는 것이 두려울 정도였다. 그러나 구위영은 등을 꼿꼿이 세운 채 그 눈빛을 받았다.

질식할 것만 같은 분위기.

운풍각주가 뭔가를 아뢰려는 것을 책사가 눈짓과 손짓으로 막고는 전음을 보냈다.

[아무 말 하지 마라. 이미 상황은 활시위를 떠났다.]

[하지만…….]

[어쩔 수 없다. 기천자의 생사는 이제 창공에게 달렸어.]

[······.]

[어쩌면, 만에 하나 일이 잘 풀린다면 우리는 창공님의 든든한 지원을 얻을 수 있게 될지도 모르지. 물론 그 확률은 희박하지만 말이야. 그리고 잘못된다면 기천자는 죽는 거야. 아쉽지만 우리는 창공의 처분을 기다릴 수밖에 없다. 여기서 괜히 끼어들었다가 창공의 심기를 더 어지럽힌다면 정말 우리에게 불똥이 튈 수도 있다.]

운풍각주는 책사의 말이 옳다고 판단했다.

그렇게 둘이 침묵하며 조용히 일어나 뒤쪽으로 십여 걸음 물러났다.

그때까지도 창공과 구위영은 눈싸움을 계속하고 있었다. 마침내 창공의 입가에 묘한 미소가 맺혔다.

"아까 네가 나를 상대로 싸우겠다고 했다."

구위영은 여전히 창공의 눈을 직시하며 대꾸했다.

"그때는 당신이 수장인지 몰라서 그랬소. 그저 내 진을 부수려 하니 화가 났을 뿐이니까. 그리고 나는 분명 실례했다고 말을 했소만."

"크크크. 크하하하! 정말 재미있는 놈이구나. 내가 이자들의 상관이기는 하나 이곳의 수장은 아니다."

창공이 고개를 돌려 책사를 보았다.

"쓸 만한 자를 구했구나."

그의 말에 책사가 안도의 한숨을 삼켰다.

"그렇게 봐주시니 감사합니다."

"그러나……."

이어지는 그의 말에 책사가 다시 얼어붙었다.

"입만 산 놈인지 궁금해졌다."

창공이 다시 구위영을 보고는 말했다.

"나와 붙어볼 배짱이 있는가?"

구위영이 머리를 긁적이며 대꾸했다.

"당신이 죽어도 상관없다면. 왜냐하면 당신은 상당한 고수. 인정을 봐주며 할 여력이 없을 것 같으니 말이오. 그랬다가는 내가 죽을 것 같으니까."

"큭. 크하하하! 좋아. 일단은 아주 마음에 들었어. 그러나 실력이 못 미친다면 네 두개골을 박살 낼 것이다."

쇄애액.

창공의 장창이 갑자기 아무것도 없는 허공을 찔렀다.

"음……."

허공에서 엷은 구위영의 신음이 흘러나왔다. 창공은 숨어 있는 구위영의 실체를 단숨에 꿰뚫어 본 것이다.

2

천 조각 하나가 허공에서 나풀거리며 떨어져 내렸다.

창공의 눈동자가 흔들렸다.

'피했다는 건가?

그의 사나운 눈동자가 좌우를 훑었다.

번쩍!

하늘에서 난데없이 벼락이 떨어졌다.

쩌엉!

창공은 번개가 무색할 정도로 창을 휘둘러 벼락을 쳐냈다. 그러자 땅으로 툭 떨어지는 청동 구슬 하나.

슈가가각.

벼락이 떨어진 하늘을 향해 장창이 솟구쳤다. 그 창의 끝에서 푸른 강기가 솟구치더니 수십여 개의 강기 다발이 폭사했다.

그것은 장관이었다.

지켜보고 있던 책사와 운풍각주는 놀라 더 뒤로 물러서며 숨을 죽였다.

퍼퍼퍼어어엉!

하늘이 무너질 것 같이 흔들렸다.

순간 몇 개의 벼락이 땅에서 솟구쳐 올라 몸을 띄운 창공에게 폭사했다.

부우우웅.

창공이 어느 틈에 왼손으로 단창 하나를 빼어 들고 있었다. 그 단창이 밑에서 솟구치는 벼락과 마주쳤다.

콰아아앙!

잇따르는 폭음.

쇄애액.

단창이 벼락이 올라온 땅에 쑤셔 박혔다. 그러자 땅에 균열이 쩍쩍 가더니 사방으로 퍼져 나갔다.

"호오. 천지의 균형을 무너뜨려 진을 깨시겠다는 겁니까?"

방위를 알 수 없는, 아니, 위와 아래, 그리고 좌우에서 동시에 구위영의 음성이 울렸다.

"크하하하! 그딴 건 모른다. 네놈의 숨통을 노릴 뿐."

담벼락을 둘러싼 나뭇가지들에서 청동 구슬 수십여 개가 밑으로 쏟아졌다.

진의 강화.

휘이이잉.

잠잠하던 허공에 난데없는 돌개바람이 일더니 이내 회오리바람이 되었다. 그 바람은 흙먼지를 일으켜 사방 분간을 할 수 없게 만들었다.

점점 더 커지고 거세지는 바람이 바닥에 착지한 창공에게 밀어닥쳤다. 창공의 푸른 안광이 이루 말할 수 없이 짙어졌다.

"크흐흐흐. 승부인가?"

"길게 끌 필요 있겠소?"

"좋아."

창공의 양손에 장창이 하나씩 잡혀 있었다. 그 모습에 책사와 운풍각주가 입을 쩍 벌렸다.

창공이 두 개의 장창을 쓴다는 것!

그 의미는 상대를 적수로 인정했다는 뜻이었다.

노야의 직전제자들.

그 한 명의 무위는 오로지 그 직전제자들하고만 비교가 가능했다. 그들을 제외한다면 예전 적검왕이 유일했다.

그렇게 오만한 자존심의 소유자들인 노야의 직전제자들. 그들 중 하나인 창공이 기천자를 인정했다는 것이 책사와 운풍각주에게 충격적으로 다가왔다.

책사의 입술이 떨리며 벌어졌다.

"저자가… 이 정도였던가?"

운풍각주가 말을 받았다.

"그러게 말입니다."

둘의 짧막한 대화가 끝나는 순간 회오리바람과 창공이 충돌했다.

콰아아아앙!

거대한 폭음과 함께 군사전의 건물이 흔들렸다. 기둥과 벽,

담이 쩍쩍 금갔다.

사방으로 뻗쳐 나가는 강기.

운풍각주는 내력을 총동원해서 호신강기를 펼치고는 책사 앞으로 나서서 그를 보호했다.

"크으으윽."

운풍각주의 입매 사이로 신음이 흘러나왔다.

충돌지점에서 튕겨져 나오는 강기의 파편도 파편이지만 폭풍 같은 바람과 함께 짓쳐드는 압력이란 것이 엄청났다.

그리고… 소요가 잦아들었다.

흙먼지가 서서히 내려앉는 마당의 가운데.

두 사내가 일 장의 거리를 두고 마주하고 있었다.

마침내 드러난 그 둘을 보며 책사와 운풍각주가 입을 쩍 벌렸다.

기천자.

그가 입고 있는 옷은 찢어질 대로 찢어져 이젠 의복이라기보다는 넝마라는 단어가 더 어울릴 듯싶었다.

그리고 그의 육신도 옷과 다르지 않았다. 수십여 군데서 살갗이 찢어져 피가 흘렀다.

창공.

그는 기천자에 비하면 멀쩡하다고 할 수 있었다. 정돈되었던 머리가 마구 흩어진 것 외에는 말이다.

그러나 그의 입가로 한 줄기 피가 흘러내렸다. 그 피의 색이 검붉은 색을 띠는 것으로 보아 심하진 않을지라도 어느 정도 내상을 입었음이 분명했다.

책사와 운풍각주는 충격에 빠졌다.

노야의 직전제자들 역시 사람인 것은 익히 알고 있었다. 그러나 그들이 피를 흘릴 수 있다는 것이 믿겨지지 않았다.

구위영이 금방이라도 쓰러질 듯이 비틀거렸다. 그러나 다리에 힘을 주어 버티며 말했다.

"정말 대단하시오. 당신과 같은 고수가 있을 것이라고는··· 상상도 하지 못했소. 내가··· 졌소."

창공이 이를 악물며 양손에 쥐고 있는 장창을 내려다보았다. 두 개의 창 모두가 금이 가 있었다.

"기천자라고 했나?"

"그렇소."

"이건 내가 진 싸움이다. 새파란 나이의 어린 너에게 지다니."

구위영은 속으로 찔끔했다. 그러나 책사와 운풍각주는 그 말에 별다른 반응을 보이지 않았다. 그들이 생각하기에 오십 중반의 기천자는 창공에 비해 새파랗게 어린 것이 맞았다.

창공이 사십 즈음의 중년인으로 보이긴 하지만 실제 나이는 백삼십여 세에 달했으니까.

구위영이 잠깐 책사의 눈치를 살피고는 안도의 한숨과 함께 창공에게 말했다.

"나를 죽일 것이오?"

창공이 고개를 저었다.

"크하하하! 너 같은 인재를 왜 죽이겠는가? 무엇보다 그 배짱과 담력 아주 마음에 든다."

"그럼 안심하고 치료 좀 해도 되겠소?"

"……?"

구위영이 땅바닥에 주저앉더니 혈도를 짚으며 지혈을 해댔다. 어떻게 보면 뻔뻔하기도 할 수 있는 그 광경에 다시 창공이 웃음을 터뜨렸다.

"크하하하! 정말이지 네놈 아주 마음에 들어. 대체 어디서 그런 배포가 나오는 건가?"

"말 시키지 마시오. 아주 삭신이 쑤셔 죽겠으니까."

창공이 졌다는 듯이 고개를 절레절레 젓다가 구석에서 멍하니 있는 책사를 보았다.

"책사!"

"예, 창공."

책사가 화들짝 놀라 창공에게 달려왔다.

"대체 이런 인재를 어디서 구했는가?"

"그, 그게 설명하자면 긴데……."

책사는 말을 흐리며 옆으로 달라붙은 운풍각주의 옆구리를 찔렀다. 그러자 운풍각주가 입을 열었다.

"그러니까 기천자는 원래 제갈세가 출신입니다. 그곳에서……."

창공이 들고 있던 장창을 팽개치고는 말했다.

"됐다. 긴 얘기는 술자리에서 하는 것이 낫겠지. 그보다 책사! 그대에게 부탁할 것이 생겼다."

책사는 가슴이 덜컹했다. 창공의 입에서 나올 말이 충분히 짐작 가고도 남았다.

"하명하십시오."

"기천자를 나에게 달라."

책사의 얼굴이 울상이 되었다.

그야말로 죽 쒀서 개 준 셈이 되어버렸다. 그러나 누구의 부탁인데 거절할 수 있겠는가? 그가 한숨을 삼키고 마지못해 대답하려는 순간 구위영이 끼어들었다.

"그건 싫소."

창공이 눈살을 찌푸렸다.

"내가 싫단 뜻인가?"

"당신은 좋소. 그런데 당신의 말을 들어보니 여기 있는 책사와 같은 편이면서도 다르게 생활하는 것 같은데 맞소?"

"맞다. 나는 약한 자와 어울려 생활하지 않지. 비루하고 약한 사람들. 그런 천한 종자와 살면 발전할 수 없는 법이다. 우리 같은 사람들은 지배만 하면 되는 거다."

"그러니 싫소. 나는 내 잘난 맛에 사는 종자요. 당신처럼 강한 이들과 어울려 산다면… 생각만 해도 끔찍하오. 어디 주눅이 들어 어깨라도 펼 수 있겠소?"

구위영은 창공을 따라가면 노야가 있는 곳을 알아낼 수 있을 것이라는 것을 알았다. 그러나 그곳은 노야와 그 직전제자들만 있는 곳.

그 절세고수들 틈바구니에서 자신의 능력으로 외부와 연통하는 것이 불가능할 것은 자명했다. 그렇게 된다면 기껏 호랑이 굴에 들어온 이유가 사라졌다.

이곳에 있어야 책사가 천하를 향해 무슨 꿍꿍이를 꾸미는지 알 수 있고, 자신의 능력으로 그 정보를 무루에게 전달할 수 있었다.

그리고 노야의 근거지야 이곳에 있어도 어차피 알아낼 수 있을 것이라 판단했다.

거절을 예상 못했을까?

창공의 이마가 가득 찌푸려졌다. 그러나 책사는 덩실덩실 춤을 추고 싶은 마음이었다. 창공만 없었다면 당장 기천자를 껴안았을 터였다.

창공이 아쉬운 기색을 역력히 드러내며 입맛을 다셨다.

"일단은… 내가 양보해 주지. 하지만 결국 너는 나를 따르게 될 것이다."

"글쎄요."

"너는 그야말로 하늘이 내린 재능을 가지고 태어났다. 즉, 너는 우리와 같은 부류다."

"……"

"단언하건대 넌 결국 우리와 함께하게 될 것이다. 크크크."

창공은 아쉬움과 기대감이 교차하는 표정을 지으며 구위영을 한참 바라보다가 책사에게 명을 내렸다.

"이런 날 술이 없어서야 곤란하지. 책사, 네가 직접 술자리를 만들어라."

잠시 자리를 비키라는 축객령이었다. 눈치 빠른 책사가 운풍각주를 데리고 밖으로 나갔다.

창공은 구위영과 마당에 단둘이 남게 되자 나직하게 물었다.

"기천자! 왜 마지막 순간에… 그 공격을 포기했지?"

마주 보는 구위영의 입가에 흐릿한 미소가 일었다.

"그 최후의 시도를 한다면 나는 무조건 죽는다고 느꼈소. 그러나 당신은 기껏해야 보름이나 달포 정도면 부상에서 완쾌할 것이고. 이건 너무 손해나지 않소?"

"크크큭. 정말 재미있어."

"그리고 내가 그 시도를 포기한다면 당신은 나를 죽이지 않을 것이라 생각했소. 물론 도박이었지만 성공했잖소?"

"크하하하하!"

창공은 허리까지 젖히며 광소를 터뜨렸다. 그러다 갑자기 웃음을 뚝 그치고는 정색했다.

"너는 누구지?"

창공의 안광이 다시 짙어졌다. 구위영은 그를 올려다보며 대꾸했다.

"기천자요."

"널 키운 인물을 묻는 거다."

"홀로 컸소."

창공의 얼굴이 딱딱해졌다.

"지금 나보고 그걸 믿으라는 건가?"

구위영의 얼굴도 굳었다. 그는 오만상을 쓰며 자리를 털고 일어섰다.

"차라리 다시 한 판 뜹시다."

짧은 정적.

"말하기 싫은 과거라는 건가? 아니면 밝히기 싫은 뭔가가 있는 건가?"

"둘 다라고 말할 수 있겠소."

다시 침묵.

"나는 듣고 싶은데."

구위영이 입술을 질끈 깨물었다가 말했다.

"이미 죽은 자 얘기를 하고 싶지는 않소."

"네 사부가 죽었다는 건가?"

"내가… 죽었소."

"……!"

창공의 눈동자에 파문이 일었다. 그는 구위영의 흔들림없는 눈을 직시하다가 씩 웃었다.

"사연이 깊은가 보군. 좋아. 그건 다음에 듣기로 하지."

"말하고 싶지 않다고 했소."

구위영은 강하게 나갔다. 어줍지 않게 거짓을 길게 늘어놓는다면 꼬투리만 잡히기 십상이었다.

창공과 같은 고수, 특히 그와 같은 성격을 가진 강자는 기실 과거나 음모에 연연하지 않는다. 뭔가 걸리는 것이 있으면 그때 부숴도 되기 때문이다.

"크흐흐. 알았다. 하여간 네놈의 배포는……. 부디 앞으로도 그 담력 잊지 않기를 바란다. 그 배짱이 나를 아주 즐겁게 해주니까."

"그것도 싫소. 괜한 배짱 부렸다가 시비라도 붙으면 그땐 정말 나를 죽일 것 아니오?"

"크하하하! 재미있어, 정말 재미있단 말이지."

그때 접빈당주가 눈치를 보며 들어와 말했다.

"창공, 일단 저희 접빈당의 별관으로 가시지요."

"알았다."

그가 뒤돌아 성큼성큼 걷다가 멈추고는 고개를 돌렸다.

"기천자, 넌 왜 안 따라오지?"

구위영이 허리 뒤춤에서 금창약을 꺼내며 말했다.

"치료가 먼저외다!"

"크하하하! 그렇군. 내가 좀 심했지. 크하하하!"

창공은 웃음소리만 남기고 먼저 사라졌다. 잠깐 홀로 남게
된 구위영의 눈에 한줄기 기광이 스치고 지나갔다.

입가에 흐르는 엷은 미소.

"제대로 붙었으면 결과는 반대였을 거다. 죽는 건 네놈이
었을 거라고."

기천자 구위영.

그는 그렇게 위험한 고비를 넘기고 호랑이 굴에 안착했다.

第五章
악몽혈겁(惡夢血劫), 사악련(邪惡聯)

절대고수 絶代高手

1

무림이 공황상태에 빠졌다.

비록 봉황문의 승리와 호광지부의 선전이 있기는 했지만 거의 백여 곳 가까운 정파의 주요 거점이 무너진 것은 정파인들을 공포에 질리게 만들었다.

세인들은 그것을 가리켜 얼마 전의 소림사, 무당, 화산 등등이 당한 것과 함께 뭉뚱그려 악몽혈겁(惡夢血劫)이라 불렀다.

이번 이차 악몽혈겁에서는 남궁세가, 황보세가, 태극문, 공동파, 점창파 등등 굵직한 명문 대방파들이 속절없이 무너지고 패퇴했다. 절반가량 남아 있었던 무림맹 지부들은 완전히 자취를 감췄다.

그 외에도 중견방파이나 그 저력을 인정받고 있던 많은 문파들이 도륙당하거나 피눈물을 흘리며 흩어졌다.

한편 마교는 거침없이 청해 지역을 지나쳐 사천 땅에 근접하고 있건만, 사천 지역의 정파는 뾰족한 대책을 세우지 못한 채 전전긍긍하고 있었다.

그나마 다행이라면 악몽혈겁에서 살아남은 정파인들이 삼삼오오 모여 근처의 정파에 몸을 의탁하고 있다는 점이었다.

그들은 복수의 칼을 갈며 무림의 동정에 촉각을 곤두세웠다. 작은 사건, 작은 움직임에도 관심을 보였지만 가장 주시하는 것은 세 가지였다.

첫째는 곧 사천 땅에 입성할 마교의 행보와 사천 정파무림의 대처였다. 사천이 무너지면 중원 무림이 코앞이었다. 마교는 늘, 언제나 정파무림에게는 공포의 존재였다.

둘째는 악몽혈겁을 일으킨 자들의 정체가 무엇이고 그 진정한 배후가 대체 어떤 자들이냐는 것이었다.

악몽혈겁의 싸움 중 그들 가운데 일부 소속이 밝혀졌다.

그런데 그것이 더욱 헷갈리는 결과를 도출해 버렸다.

녹림도가 있는가 하면 북해빙궁 같은 변방세력들이 있었다. 게다가 유명한 정파도 있었고, 전대의 마두들도 있었다.

더욱 놀라운 것은 무림맹 장로인 청절검이 밝혀낸 것으로 무림맹의 간부도 그들에 있었다는 점이었다.

대체 어떤 자들이 있어 그렇게 다양한 세력을 섭외할 수 있었는지 상상조차 하기 힘들었다.

떠도는 소문 중에 가장 유력한 후보로는 마교였지만 확실한 증거는 어디에도 없었다.

사람들은 일단 그들을 사악한 이들의 연합이라고 명명했다.

사악련(邪惡聯).

그들은 마교와 함께 가장 정파인들을 두렵게 하는 대상이었다.

마지막으로 셋째는 봉황문이었다.

악몽혈겁에서 유일하게 제대로 된 승리를 일구어낸 정파의 희망!

그곳에 호광지부의 삼백 영웅과 더불어 점창파의 검객들이 대거 합류했다. 그리고 해남도의 해남파 장문인이 직접 이백 정예를 이끌고 봉황문으로 이동하고 있었다.

또한 십대고수 중 두 사람과 오백 위 초인 중 이십여 명이 봉황문으로 들어갔거나 향하고 있다는 소문도 들렸다.

봉황문은 현 정파무림에서 세력으로나 무력으로 가장 압도적인 곳이 된 것이다. 비록 연합, 지원 세력이 포함되긴 했지만 가히 전무후무한 정파의 단일 세력이라 할 수 있었다.

그런 이유로 봉황문의 모든 것이 사람들에게 관심을 집중시켰다.

특히나 악몽혈겁을 승리로 이끈 젊은 신임 문주, 학봉 이수린에 대한 관심이 폭증했다. 그녀는 부드러우면서도 단호한 지휘력과 결단력으로 현 봉황문을 이끌고 있다는 소문이었다.

정파인들은 많은 지원세력을 등에 업은 봉황문이 움직이기를 간절하게 바랐다.

봉황문은 기존의 무림맹을 대신해 사실상 현 정파무림을 대표하고 이끄는 존재가 되었다. 그리고 그 중심에 학봉 이수린이 있었다.

"그러면 이것으로 회의를 마치도록 하지요. 오늘 결론이 나지 않은 문제는 여러분 모두 심사숙고해서 내일 다시 토론을 하기로 하겠습니다."

이수린이 회의실의 상석에서 외쳤다. 그러자 거의 일백여 사람들이 고개를 주억거리며 일어섰다.

그녀 역시 자리에서 일어나 문가로 움직였다. 그리고 나가는 사람 한 명, 한 명에게 일일이 포권을 취하며 미소를 지었다.

그들 중에는 청절검과 매봉 유화영이 있었다.

또한 십대고수 두 명과 오백 위 초인 열다섯 명도 있었다. 명진 도사처럼 대방파를 대변하는 이도 있었고, 대방파의 실제 주인도 있었다.

마침내 외부인사들 칠십여 명이 모두 빠져나가고 봉황문의 장로와 핵심 간부들만 남았다.

이수린이 상석의 자리로 돌아와 봉황문 사람들에게도 나가도 좋다는 말을 했다. 그러자 그들 모두가 예를 표하고 밖으로 나섰다.

마지막으로 문가에 다다른 수석장로 태평자가 나가려다가 멈추고는 돌아섰다.

이수린이 빙긋 웃으며 물었다.

"무슨 하실 말씀이라도 있으신가요?"

태평자가 화답했다.

"이 말을 꼭 문주께 해야 할 것 같아서 말입니다."

"예. 말씀하세요."

"훌륭하십니다."

"갑자기 무슨……."

이수린이 당황하며 말을 흐렸다.

"돌아가신 전 문주님이 지금 이 모습을 보셨다면 정말 좋아하셨을 겁니다. 이름만 들어도 주눅이 들 명숙들을 대하며 일체의 주눅 없이 당당한 문주의 모습에 제가 얼마나 감격스러운지……. 저라도 그리는 못합니다."

"그렇게 봐주시니 힘이 나는데요."

이수린이 양팔을 번쩍 들어 주먹을 쥐며 환하게 웃었다. 태평자의 미소 역시 더욱 밝아졌다.

"문주, 무슨 어려운 일이 있으면 무엇이라도 말씀만 하십시오. 어떤 일이라도 문주의 편에 서서 도울 것입니다."

"예. 그럴게요. 고마워요, 수석장로님."

"허허허. 별말씀을요. 그런데 문주께서는 처소로 돌아가지 않으십니까?"

이수린이 자신의 앞에 놓인 많은 서류들을 보며 어깨를 으쓱했다.

"몇 가지 검토할 것이 있어서요."

"허허허. 대단하십니다. 아주 훌륭하십니다. 아주! 본문의 밝은 앞날이 눈에 훤합니다. 허허허."

태평자가 감탄한 표정을 지으며 깊게 읍을 올렸다. 그건 진심이 가득한 예였다.

그렇게 태평자가 물러나고 문이 닫혔다.

이수린은 심호흡을 몇 차례 하고는 회의에서 문제가 되었던 것을 꼼꼼히 검토하며 생각했다.

가장 큰 문제는 밖으로 나아가 빼앗긴 곳을 공략하자는 자들과 일단 사태 추이를 관망하면서 결정적인 순간을 대비해 힘을 비축하자는 자들 사이의 대립이었다.

사실 다른 여러 난제와 마찬가지로 정답이 없는 문제였다.

그렇게 반 시진의 시간이 흘렀다.

뭉친 어깨를 풀려고 고개를 든 그녀의 눈앞에 긴 탁자들과 그 좌우로 늘어서 있는 텅 빈 의자들이 들어왔다.

"아무도… 없구나."

그녀의 목소리가 조용히 회의실에 울렸다.

왠지 모르게 몸이 으슬으슬 떨렸다. 어깨에서 시작한 한기가 발끝까지 치달렸다. 숨이 막혔다.

"나는… 혼자구나."

또르르륵.

그녀의 눈에서 갑자기 이슬방울이 뺨을 타고 아래로 흘렀다.

똑.

그 눈물이 턱에 방울졌다가 탁자 위에 펼쳐진 종이에 떨어졌다. 먹물이 번졌다.

"나, 나는… 혼자구나."

그녀의 입술이, 턱이 덜덜 떨렸다. 그녀의 큰 눈에 습막이 가득 찼고, 쉬지 않고 눈물이 뺨을 타고 흘렀다.

"나는……."

그녀의 어깨가 와들와들 떨렸다.

"힘들어."

적들과 마주했을 때 선두에 서서 봉황문을 이끌던 그녀였다. 지독하고 참혹한 혈투 속에서 그녀는 마침내 승리를 거머쥐었다.

그녀는 그 승전보를 그에게 전해주고 싶었다.

나 해냈다고.

잘했죠?

라고 물으며 어깨를 으쓱거리고 싶었다.

그러나 그는 호광지부의 영웅들을 구해내고 곧바로 돌아갔다.

본문과 호광지부. 두 승리의 숨은 주역이자 진짜 영웅은 그였건만, 그는 그것을 모두 거절하고 돌아가 버렸다.

"나는… 그가… 보고 싶어."

울음을 토해내지 못하는 오열.

밖으로 울음소리가 새어나갈까 두려워 그녀는 그렇게 소리없이 울었다.

엉엉엉엉.

그렇게 가슴을 치며 속으로 울었다.

매일 이어지는 장시간의 회의.

모두가 자존심이 강한 무인들인지라 조그마한 것에도 성

을 냈고, 눈을 치켜떴다.

그럴 때마다 그녀는 옆에 그가 있다고 상상했다.

그러면… 그 누구도 두렵지 않았다.

오백 위 초인도 겁나지 않았고, 십대고수의 의견에도 맞섰다. 이름 높은 명숙들에게도 따질 건 따지며 물러서지 않았다.

그러나 이렇게 모두가 떠나 빈 공간에 홀로 있으면 자신은 혼자였음을 절감하게 됐다.

상석인 자신의 옆자리엔 덩그러니 빈 의자가 하나 놓여 있었다.

사람들은 그 의자의 주인이 전 문주일 것이라 제멋대로 상상했다. 그래서 자신이 빈 의자를 보며 복수를 다지고 있는 것이라 말들을 했다.

"그게… 아니야. 나는… 그저 그와 함께 있고 싶을 뿐인걸."

자신의 마음이 이토록 그에게 향하고 있는지 몰랐다. 그저 호감이라고만 생각했다.

그런데 그날.

호광지부의 삼백여 명을 데리고 피투성이로 돌아온 그가 짧은 미소만 남기고 돌아서는 순간.

그녀는 깨달았다.

자신의 심장이 텅 비어버리는 것을.

천지가 아득해지는 것을.

떠나가는 그의 등을 보며 목 놓아 부르고 싶었다.

가지 말라고.

옆에 있어 달라고.

"으어어엉!"

나직하지만 결국 오열이 터졌다.

그녀가 그렇게 우는 회의실의 문밖.

태평자가 기척을 숨긴 채 서 있었다.

고개를 우러르는 그의 눈에도 습막이 가득했다. 그의 꽉 쥔 손이 부르르 떨렸다. 어린 문주를 위해 자신이 해줄 수 있는 것이 없다는 사실이 안타까워 결국 그도 눈물을 쏟아냈다.

2

청송장원의 연무장과 닿아 있는 이 층 전각.

청송각(靑松閣).

무루는 그곳의 이층 대청에서 주변을 돌아보았다. 청송장원의 주변 땅이 모조리 뒤집어져 있었다.

수백의 장정들이 돌과 나무를 나르고 있었고, 또 수백의 사내들이 행랑과 전각들을 짓느라 분주했다.

그들을 지휘하는 건 전문적인 장인들이었고, 일하는 대다수는 무공을 익힌 자들이었다. 덕분에 하루가 다르게 건설 진척이 빨랐다.

무루 옆에 있던 암독왕이 흡족한 미소를 머금은 채 말했다.

"주군, 이 공사가 다 끝나면 청송장원의 규모가 가히 스무 배에 달할 것입니다. 크크큭. 웬만한 대방파 못지않은 규모가 되는 것이지요."

무루가 살짝 눈살을 찌푸리며 물었다.

"그게 좋소?"

"왜 안 좋겠습니까? 공짜로 건물을 지어준다는데 말입니다. 이렇게 큰 공사를 하려면 돈이 얼마나 드는지 아십니까? 그것뿐입니까? 건물을 짓게 해주는 대가로 돈을 내겠다 하지 않습니까? 세상에 이렇게 남는 장사는 없습니다."

"공짜는 아니지 않소. 청송표국이 보표를 해주어야 하잖소."

"사람 한 명 지켜주는 대가치고는 대단한 것 아닙니까?"

무루가 고개를 절레절레 흔들었다.

"너무 남는 장사니까 걸린단 말이오."

"주군, 가뜩이나 세상이 흉흉해 표국의 활동을 중지시켜둔 상태였습니다. 수입은 없고 지출은 많고…… 아시겠지만 전장도 아직까지는 돈만 빠져나가고 있고 학당도 그렇고."

"아직 우리가 가진 돈은 충분한 것으로 알고 있소."

"그야 그렇지만 더 많다고 나쁠 것은 없지 않습니까? 난 세입니다. 비축해 두면 반드시 요긴하게 쓸 곳이 있을 겁니다."

무루와 조금 떨어져 공사현장을 구경하던 유라가 다가서며 암독왕의 말에 맞장구를 쳤다.

"오라버니, 암 장로의 말씀이 옳잖아요. 이런 세상에서 돈을 많이 가지고 있으면 나중에 잘 베풀 수도 있지 않겠어요?"

그녀는 암독왕이 자신이 열심히 생활하고 있다고 무루에게 말한 것을 잊지 않았다. 그렇기에 유라는 암독왕을 돕는데 주저하지 않았다.

암독왕은 자신 편을 드는 유라를 보며 미소를 지었다. 이유는 알 수 없었지만 최근 들어서 유라가 자신에게 매우 호의적인 것을 모를 리 없는 암독왕이었다.

"주군, 우호법의 말이 옳습니다. 암요. 나중에 학당에서 장원으로 들어오는 아이에게 밥 한 끼 더 먹일 수도 있고, 책 하나를 더 구해줄 수도 있는 것 아니겠습니까?"

무루가 고개를 끄덕였다.

"그 말은 맞소. 하지만 대체 금왕이 갑자기 호의적으로 이러는 이유를 알 수가 없으니. 대체 지켜달라고 하는 사람이 누구일지."

유라가 무루 옆에 나란히 서며 심드렁한 어조로 대꾸했다.

"알 게 뭐야. 표국으로 들어온 일이니 잘못되면 마 장로가 책임지면 되지."

가시가 돋친 말에 무루가 고소를 머금었다.

"이제 어지간하면 너도 마 장로와의 냉전을 풀지 그러냐?"

암독왕도 거들었다.

"내 생각도 그래요. 우호법이 너무 마 장로를 괴롭히니까 녀석이 장원에 들어올 때마다 너무 눈치를 보지 않습니까? 그만 화 푸세요. 마 장로도 학봉에게 붙었던 것을 뼈저리게 후회하고 있어요. 정말이에요."

"흥. 내가 뭘 어쨌다고."

유라가 팔짱을 끼며 등을 돌렸다. 그러더니 정문으로 들어오는 진설 일행을 보고는 반색했다.

"설아! 소령아!"

유라가 이층에서 풀쩍 몸을 날려 아래로 뛰어내렸다. 그 모습에 암독왕이 쓴웃음을 지었다.

"우호법이 마 장로에게 단단히 삐쳤나 봅니다. 크크크. 이래서 여자가 한을 품으면 무서운 법이지요. 주군께서도 조심하십시오."

암독왕은 굳어지는 무루의 얼굴을 보며 시선을 앞으로 돌렸다.

하루가 눈에 띄게 수척해지는 진설이 어깨를 축 늘어뜨린 채 들어오는 모습.

암독왕의 얼굴도 따라 굳었다.

"좌호법은 잘해내고 있을 겁니다."

"……."

"저는 믿습니다."

"저 역시 그 녀석이 잘 있을 것이라 믿소. 그렇지 않다면… 제가 어찌 진 소저의 얼굴을 마주할 수 있겠습니까?"

"……."

"진 소저를 더 많이 챙겨주시오."

암독왕이 고개를 주억거렸다.

"그러지 않아도 소령이와 그 가족들이 말동무도 하고 많이 애쓰고 있습니다."

"그리고 저 두 태상장로들을 불러주시겠소?"

암독왕의 눈이 커졌다.

무루가 종통선생과 사굉파파를 따로 부르는 일은 거의 없었다.

"설마… 기억을 회복하고 있는 겁니까?"

"아마도 그런 것 같소."

"……!"

"벌써 며칠이 지났소. 꽤나 혼란스러워하던 것 같더니 그제부터 진정됐소."

"당장 불러오겠습니다."

암독왕도 유라처럼 계단을 사용하지 않고 훌쩍 아래로 뛰어내렸다. 그는 지체없이 소령 뒤를 쫄래쫄래 따라오는 사굉파파와 종통선생에게 말을 건넸다.

그러자 흠칫하며 고개를 올려 무루를 보는 두 사람.

소령이 의아한 표정으로 암독왕에게 물었다.

"암 할아버지, 저도 불렀어요?"

"아니다. 너는 들어가서 쉬어라."

"무루 아저씨가 갑자기 왜?"

그녀가 고개를 갸웃거리다가 앞으로 달려가며 무루를 불렀다.

"아저씨."

무루가 빙그레 웃으며 그녀를 내려다보았다.

"왜?"

"그건 내가 할 질문 같은데요? 왜 뜬금없이 우리 할아버지, 할머니를 불러요?"

"하하하. 그저 잠깐 말동무나 하려는 것이다. 사실 내가 저 두 분과 조금 사이가 좋지 않았잖니?"

소령의 안색이 눈에 띄게 밝아졌다.

"아하. 화해를 하려는 거예요? 잘됐네. 아저씨가 매번 의심의 눈초리로 보니까 우리 할아버지, 할머니가 얼마나 아저씨한테 주눅 들어 있었는데. 그런 거라면 좋아요. 그리고 이 기회에 좀 친해져 봐요. 알았죠?"

"그래. 그러마."

"이따가 저녁 시간에 늦지 말아요."

"이런. 어떻게 하지? 저녁엔 다른 사람하고 약속 있는데."

"휴우. 어쩔 수 없지. 알았어요."

"너는 글공부는 열심히 하고 있는 거지?"

"으아아악. 또, 또! 그 잔소리. 왜 이번엔 안 하나 했어요. 몰라요. 궁금하면 나한테 시간 좀 내서 직접 확인해 봐요."

그리고는 정말 확인할까 봐 쪼르륵 도망가는 소령이를 보며 무루가 피식 웃었다.

그러나 다시 고개를 돌려 계단을 보는 그의 얼굴은 굳어 있었다. 이내 암독왕이 두 태상장로들과 함께 이층으로 올라섰다.

무루가 눈짓으로 암독왕을 물러나게 하자, 암독왕이 고개를 저었다. 그러나 무루가 눈에 인상을 쓰자 암독왕이 고개를 푹 숙이고 일층으로 다시 내려갔다.

무루가 그들을 등지고 돌아서며 말했다.

"어떻게 하실 생각입니까?"

사굉파파가 한숨을 짓더니 말했다.

"언제부터 안 거지?"

"닷새 전부터 혼란스러워했던 것 같고, 이틀 전에 다 정리 된 것으로 알고 있습니다."

이번엔 종통선생이 한숨을 흘렸다.

"다 알고 있었군. 그런데 왜 지켜만 본거지?"

"사실 제거할 생각도 했습니다."

사굉파파와 종통선생의 낯빛이 눈에 띄게 창백해졌다. 무 루의 말이 이어졌다.

"그런데 두 분을 보며 행복해하는 소령이를 보며 차마 손 이 나가지 않더군요."

"……."

"복수를 원한다면 지금 나와 함께 조용히 밖으로 나갔으면 합니다."

그 말에 사굉파파가 얼굴을 찌푸렸다.

"빌어먹을."

종통선생이 말을 받았다.

"우리가 바보냐? 너와 정면 대결을 하게?"

다시 사굉파파가 말을 받았다.

"정면 대결이 아니라 뒷면 대결이든 옆면 대결이든 기습이든 가능성이 손톱만큼도 없음을 다 안다. 정확한 이유는 모르겠지만 우리는 예전보다 훨씬 강해졌더군. 그게 그러니까 수룡(水龍)이라는 무공의 후유증인 것 같던데. 어쨌든 훌쩍 강해진 시선으로 보이니 네가 조금 보이더라. 네가 얼마나 까마득한 하늘 위에 있는 경지인지, 채 보이지도 않는. 대체 네놈은 사람이 맞긴 한 거냐?'

종통선생이 괴로운 표정으로 머리를 긁적이다가 갑자기 생각났다는 듯이 물었다.

"어? 그런데 왜 네 녀석이 우리에게 존대를 하는 거지?'

사굉파파도 놀라 눈을 치켜떴다.

"정말이네?'

무루가 답했다.

"소령이가 할아버지, 할머니로 모시니까. 어색하면 다시 예전처럼 대해주지."

종통선생이 손사래를 치며 억울하다는 표정을 지었다.

"사내자식이 말 한마디에 그렇게 말투를 바꾸면 안 되지? 한 번 존대를 시작했으면 계속해야지."

무루는 둘을 말없이 바라보았다. 그렇게 묵묵히 보자 사굉파파와 종통선생이 흠칫하며 눈치를 살폈다.

그 둘은 자신들의 이런 모습이 이해가 되지 않았다. 아무리 상대가 강하다고 해도 이렇게까지 움츠러드는 자신들이 곤혹스럽기까지 했다.

무루가 뜻 모를 한숨을 흘렸다.

이들의 무공 수위가 높아진 것과 자신을 향한 원초적인 두려움을 느끼는 것은, 수룡이라는 무공이 어느 정도 영향을 미친 것이다. 그러나 돌이킬 방법이 없었다.

"이곳에 남아 있는 이유는… 소령이 때문입니까?"

둘이 동시에 고개를 끄덕였다.

사꽝파파가 말했다.

"그 녀석은… 인생의 참된 의미를 느끼게 해주었어. 네가 겁나면서도 여기를 떠나지 않은 이유는 소령이 때문이 맞아."

종통선생이 맞장구쳤다.

"소령이 보는 게 사는 낙이야. 이게 행복이란 거구나라는 것을 느낀단 말이지."

"알겠습니다. 그 마음 변하지 않는다면 우리도 좋은 사이가 될 수 있을 겁니다."

사꽝파파와 종통선생이 고개를 아주 강력하게 저었다.

"뭐, 너와 굳이 가까워지고 싶은 생각은 없는데."

"그래. 네 곁에만 가면 오금이 저려서 말이지. 우리도 어지간하면 극복하고 싶긴 한데……. 그게 영 불가능할 것 같단 말이지."

무루가 이맛살을 찌푸리며 말했다.

"앞으로 계속 한 공간에서 살게 된다면 부딪칠 일이 많은데 언제까지 불편하게 지낼 생각입니까? 아까 소령이가 하는 말 못 들었습니까? 저도 이젠 소령이 눈치 좀 그만 보고 싶습니다."

"그게 그렇긴 한데."

"그리고 지금 세상이 어떻게 돌아가고 있는지는 대충 아시지요?"

"청송전장에서 귀동냥으로 들었지. 하지만 이제 그런 건 관심없어."

"그런데 왜 어제 새벽에 몰래 빠져나가 수련을 한 겁니까?"

둘의 눈이 동그래졌다.

"알고 있었어?"

"설마 뒤따라와서 다 본 건 아니겠지?"

무루가 어쩔 수 없는 것 아니냐는 얼굴로 답했다.

"무슨 일을 벌일지 모르는데 어떻게 방관만 합니까?"

"음……."

둘이 동시에 신음을 흘렸다. 자신들을 따라오는 사람이 있다고는 전혀 상상하지 못했다. 그렇게 조심하고 조심했는데 말이다.

"넌 역시 괴물이야."

"우리가 어제 새벽에 몰래 나간 건 단지 갑갑해서일 뿐이야. 그 외엔 아무런 이유도 없어. 아무래도 사람들 보는 데서 무공을 펼치는 건 무리잖아. 모두 기억을 잃은 것으로 알고 있는데."

무루가 말을 받았다.

"계속 그렇게 살 수는 없는 노릇입니다. 그리고 어쨌든 두 분 같은 고수들을 그저 소령이의 호위로만 쓸 수 없는 상황이 올 수도 있습니다. 아니, 당장 저는 두 분을 요긴하게 쓰고 싶습니다. 밥값을 해야지요. 그러니 저와의 이런 서먹한 관계를 청산하는 것이 우선 과제가 아니겠습니까?"

"그럼 소령인 누가 지켜?"

"둘이 번갈아 지킬 수도 있지 않습니까?"

"흠. 그런 수가 있었군. 하지만 너만 보면 두려운 이 원초적 공포를 지울 수 있는 방법이 없을 것 같은데."

"이렇게 해봅시다. 예전에 나에게 무공으로 제압당한 기억이 머리에 깊이 박힌 것 같은데, 이에는 이, 눈에는 눈. 두 분이 나를 공격해 보는 겁니다."

"……?"

"나는 절대 반격하지 않을 것을 약조하지요."

둘의 눈동자가 또르륵 굴렀다.

절대 반격하지 않는다면 후환이 없다는 말이다.

무루가 말을 이었다.

"두 분도 계속 나만 보면 오금이 저리는 거, 싫으실 거 아닙니까? 소령이가 우리 사이를 불편하게 보는 것을 끝내기 위해서라도 말입니다."

둘이 서로를 마주 보았다.

"쟤 말이 일리가 있는 것 같은데."

"그렇지? 저 녀석을 공격한다는 것이 겁나긴 하지만 반격을 정말로 안 한다면……. 그래서 조금 우리 분이 풀린다면 효과가 있지 않을까?"

둘이 무루를 보며 재차 확인했다.

"정말 우리의 공격을 고스란히 받기만 하는 거지?"

"남아일언 중천금이야!"

무루가 빙그레 웃었다.

"그럼 어제 새벽에 갔던 산으로 지금 갑시다."

"좋아!"

"당장 가자!"

둘이 이층에서 발을 내디뎠다. 순간 그의 신형이 팟하고 사라지더니 까마득히 먼 곳에서 모습을 드러냈다.

역시 무신지경의 고수나 보여줄 수 있는 경공술이었다.

무루가 그들을 따라가려는 순간 암독왕이 이층으로 올라 왔다.

"주군, 그곳이 어디입니까? 저도 가겠습니다."

무루가 담담히 대꾸했다.

"따라올 수 있다면 따라오시오."

그때, 암독왕의 뒤에서 두 인영이 모습을 드러냈다.

적검왕의 제자인 진과 묘였다. 그들은 치유 속도가 가장 빨라 원래 몸 상태의 칠 할 가까이를 회복했다.

물론 그들이 예상을 훌쩍 뛰어넘는 쾌차를 보이는 것은 무루가 돕고 있기 때문이었다.

그런 이유로 진, 축, 묘와 형성됐던 불편한 관계는 제법 해소되었다. 아직 묘와 유라와의 말없는 냉전은 지속 중이었지만 말이다.

"우리도 관전하고 싶소만."

"그대들도 마찬가지요."

그들이 대화를 나누는 사이에 두 태상장로는 시야에서 완전히 자취를 감췄다. 결론은 이 세 사람이 무루에게 뒤처지지 않아야 한다는 말이었다.

암독왕이 불안한 표정을 지었다.

그는 마붕권과 함께 무루에게 종종 무공과 내력의 도움을 받고 있었다. 그런 이유로 그와 마붕권 역시 무신지경을 코앞에 두고 있었다.

그런데 기이하게도 암독왕의 경공술은 좀처럼 늘지 않았다. 자신의 경공 실력으로 무루를 따라잡는다는 것은 애초에 불가능한 일이었다.

반면 진과 묘는 득의에 찬 얼굴이었다.

적검왕의 열두 제자 중 가장 경공술이 뛰어난 두 사람이 바로 자신들이었다. 비록 몸 상태나 공력이 정상으로 돌아오려면 적지 않은 시일이 걸리겠지만, 잠깐 경공술을 펼치는 것은 문제없었다.

암독왕이 울상을 지었다.

"주군, 그러지 말고 장소를……."

"그러니까 사서 고생하지 말고 이곳에서 있으시오. 곧 돌아올 터이니."

파앗.

갑자기 이층 대청에서 무루의 신형이 사라졌다. 암독왕이 허탈한 표정으로 어깨를 축 늘어뜨렸다. 따라가기를 포기한 것이다. 그런 그가 이내 입술을 꾹 깨물고 웃음을 참아야 했다. 진과 묘 때문이었다.

진과 묘는 멍청한 표정을 짓고 눈을 껌뻑이고 있었다.

암독왕은 그들이 민망하지 않게 웃음을 꾹꾹 눌러 참으며 일층으로 급히 내려갔다.

묘가 멍한 얼굴로 한쪽 방향을 바라보았다. 그곳은 좀 전에 사꾕파파와 종통선생이 달려간 방향이었다.

"대사형······."

묘가 진을 불렀으나 진은 대꾸가 없었다. 그저 충격에 빠진 얼굴이었다.

"대사형, 이건··· 아니잖아요."

"······."

"어떻게 눈앞에서 사라지면서 시야에서도 사라질 수가 있어요? 그것도 뻥 뚫린 평야인데."

그럴 수밖에 없는 것이 무루가 펼친 것은 예전 흑살이 펼쳤던 은잠비행술이었다.

은신술과 경신술을 합친 희대의 무공인 그것을 무루는 자신의 경공술로 재탄생시켰다.

무루는 그것이 편해서 즐겨 썼는데 하필 기운과 모습까지 지우는 은잠비행술이니 다른 이들은 그저 시야에서 완전히 사라지는 것으로밖에 생각할 수 없었던 것이다.

각설하고, 진과 묘는 큰 충격에 빠져 버렸다.

진은 허탈한 표정으로 계단을 터벅터벅 걸어 내려갔다. 그리고 그는 태어나 처음으로 욕을 했다.

"시펄."

전날 새벽에 사꿩파파와 종통선생이 수련을 한 산등성이는 폐허였다. 그 둘이 워낙 난리를 쳤던 탓에 수백여 그루의 나무가 송두리째 뽑혀서 주변을 뒹굴었다.

지금 그 둘은 약이 바짝 올라 있었다.

자신보다 한참 늦게 출발한 무루가 먼저 와서 자신들을 기다리고 있었기 때문이었다. 단순히 무루의 경공이 빨라 추월당했다면 그런가 할 수 있었다.

그는 워낙 높은 경지에 이른 자이니까.

하지만 자신들의 이목까지 속이고 앞서 왔다는 것이 기가 찼다.

무루가 그 둘을 물끄러미 보며 말했다.

"할 수 있는 공격 중 가장 강한 것으로 하지요."

종통선생이 이를 악물며 대꾸했다.

"물론 그럴 생각이야."

사꿩파파가 맞장구쳤다.

"이런 기회가 또 어디 있겠어?"

사꿩파파의 사두신장이 허공으로 솟구쳤다. 종통선생의 판관필이 앞으로 뻗었다.

거대한 강기덩어리 두 개가 무루를 향해 얼굴과 가슴으로 짓쳐들었다.

허공이 비명을 질렀다. 강기덩어리가 지나가는 밑의 대지가 압력만으로 움푹 꺼져 작은 고랑을 만들어냈고, 돌멩이들이 으깨지며 가루가 되었다.

마침내 그 두 개의 강기 다발이 무루의 지척에 다가왔다. 그 순간 그렇게 폭풍같이 달려들었던 강기가 허망하게 소멸됐다.

푸스스스스.

아지랑이만 위로 날렸다.

휘이이힝.

시원한 바람만 무루의 머리칼을 쓸었다.

사굉파파와 종통선생이 멍하니 무루를 보았다. 무루가 아차 하는 표정을 지었다. 절로 종선기가 일어나 두 강기를 소멸시켜 버린 것이다.

"아! 미안하게 됐습니다. 그냥 무의식적인 반응이었으니 신경 쓰지 마십시오."

"……."

"……."

"의식하고 강기를 맞아보지요. 정말로 공력이 일어나지 않도록 신경 쓰겠습니다. 다만 죽을 수는 없으니 하단전 공력은 쓰겠습니다."

두 태상장로는 무루가 하는 말이 무슨 뜻인지 잘 몰랐다. 하단전 공력만 쓰다니? 그럼 상단전이나 중단전에도 공력이 있단 말인가?

어쨌거나 최소한의 내력만 쓰겠다는 것으로 이해한 둘은 다시 공력을 가득 일으켜 강기를 폭사시켰다.

부우우웅.

어마어마한 위력.

가공할 속도.

그것이 무루의 몸을 덮쳤다.

그런데… 그의 몸이 스르륵 움직였다.

그건 정말이지 눈으로 보면서도 믿기 어려운 장면이었다. 머리가 뒤로 꺾이는 동시에 허리가 뒤틀렸다.

그리고 그 상태로 빙글 돌았다. 그렇게 뒤로 흘러가는 강기. 하단전에서 일어난 공력은 무루의 몸에 닿는 부분에서 작은 부상도 일지 않게 강기를 어루만지며 부드럽게 밀어냈다.

콰아앙! 콰앙!

무루 뒤로 흘러간 강기가 뒤쪽에 위치한 둔덕과 충돌하며 폭음을 터뜨렸다.

무루가 한숨을 쉬며 얼굴을 찡그렸다. 그러고 보니 자신은 천부일관을 통과하며 의식하든 의식하지 않든 몸이 외부의 공격으로부터 무조건적으로 반응해 피하게 되는 육신이 되어 버렸다.

긁적긁적.

"이거. 쉽지 않군. 종선기를 억제하니 몸이 홀로 반응해. 내 몸인데… 내 마음대로 되지 않다니."

머리를 긁으며 혼잣말 하는 무루를 보며 종통선생과 사굉파파의 얼굴이 하얗게 변해갔다.

이건 자신들을 놀리는 것이었다. 농락하고 있는 것이 분명했다.

공포를 이기기 위해 왔는데, 오히려 두려움이 커져만 갔다.

전신의 모든 힘과 혼신의 열정을 다해, 그리고 갖고 있는 충만한 내력을 쥐어짜 내듯이 하여 지척에서 펼친 자신들의 최고, 최강의 공격.

그것이 어처구니없을 정도로 허망하게 무위로 돌아가는 장면은 놀랍다 못해 충격적이었다.

무루가 외쳤다.

"다시 해봅시다."

둘의 고개가 힘없이 밑으로 떨어졌다.

"준비됐으니 공격하십시오."

그러나 그 둘은 어깨를 축 늘어뜨린 채 돌아섰다.

"으허허엉. 역시 괴물이었어."

"빨리 소령이한테 돌아가자."

그 둘이 왔던 길을 도로 질주하는 것을 보면서도 무루는 미안해 차마 부를 수가 없었다.

하지만 무루는 저 둘을 포기할 생각이 없었다. 그러기엔 저 둘의 능력이 너무 출중했다.

저런 고수 한 명의 도움이 수백의 목숨을 살릴 수 있을 것이었다.

무루가 뒤돌아섰다.

십여 장 뒤에 있던 둔덕은 완전히 사라져 버렸다. 그 둔덕에 있던 집채만 한 바위도 사라졌고 수십여 그루의 나무들도 갈가리 찢겨져 있었다.

"결국 저들의 힘이 필요할 때 다른 사람들의 입을 빌려 부탁을 해야 되는 건가?"

어쩔 수 없이 저들과의 불편한 관계는 계속될 수밖에 없었다. 무루는 자신의 저주받은 몸뚱이를 자책하며 돌아섰다.

第六章

차도살인(借刀殺人)

絶代高手
절대
고수

1

날씨가 이상해졌다.

대륙의 북부 지방은 연일 폭설이 내렸다. 심지어 안의 땅에
도 많지는 않지만 눈이 내렸을 정도였다.

대륙을 강타한 지독한 한파.

하루가 멀다 하고 아비규환, 혈사가 일어나는 인간세상이
보기 싫어서였을까? 하늘은 대지에 견디기 힘들 정도로 혹독
한 추위를 제공했다.

그 결과로 무림은 잠깐의 휴식 기간을 갖게 됐다.

거침없이 이동하던 마교가 진군을 멈춘 것이다. 사악련도

지독한 한파 때문인지는 몰라도 별다른 활동 없이 점령한 곳을 정비하는 모습이었다.

어쨌든 이 한파와 폭설은 정파인들에게 한숨 돌릴 기회를 주었다. 그러나… 그건 착각이었음을 정파인들은 곧 깨닫게 되었다.

중원 무림에 자리하고 있던 기존 사파들의 준동.

그들이 갑자기 빠른 속도로 세를 확장하기 시작했다.

마치 약속이라도 한 듯이, 그들은 서슬 퍼런 이빨을, 그렇지 않아도 깨지고 상처 입은 정파인들에게 들이밀었다.

"하하하. 어떤가, 나의 책략이?"

책사가 맞은편에서 차를 마시고 있는 구위영에게 말을 건넸다.

"허허허. 아주 신묘한 계책입니다."

구위영이 떨떠름한 표정을 감추고 웃었다.

책사가 꾸민 일차 기습, 이차 불신지계에 이은 세 번째 음모.

차도살인지계(借刀殺人之計).

남의 칼로 상대를 제거한다.

책사는 천하에 산재한 사파들에게 마교와 사악련의 이름으로 서찰을 보냈다.

마교와 사악련은 한 뿌리라는 것을 밝히고, 흑도천하를 위해 당신들도 동참하라는 것이 요지였다.

거절하면 당신들도 정파와 같이 숙청의 대상이 될 것이고, 참여하면 한 식구가 될 뿐만 아니라 노력해 얻어낸 지역을 인정해 주겠다는 약속.

단, 그 세력권의 인정 범위는 앞으로 팔십 일.

겨울이 끝날 때까지라고 명백히 했다.

구위영이 말을 이었다.

"내가 사파 중 한 방파의 수장이라고 해도 눈에 불을 켜고 움직일 것이외다."

구위영은 진심으로 책사의 머리에 감탄했다. 때로는 지금 이자를 제거하는 것이 더 낫지 않을까라는 생각을 할 정도로 말이다.

겨우 종이 쪼가리에 불과한 서신 수십여 장으로 천하를 쥐락펴락 농락하는 자.

책사는 싱글벙글하며 즐거운 표정으로 차를 홀짝였다.

"쥐도 궁지에 몰리면 고양이를 무는 법이 아니겠나? 비록 작은 위험이라고 하나 그런 위험을 우리가 감당할 필요는 없는 것이지. 그건 기존의 사파가 응당 해야 할 일인 거네."

"이 추운 겨울 내내 사파와 정파가 치고받고 싸우고 나면……."

책사가 말을 받았다.

"우리는 따스한 봄부터 진이 빠진 정파를 삼키는 것이지. 궁지에 몰렸을 뿐만 아니라 물 힘도 남지 않은 쥐를 말이네. 하하하."

구위영은 이들의 치밀함에 소름이 돋았다.

"대단하시오. 그런데 사파들이 너무 많은 지역을 흡수하면 우리가 먹을 것이 별로 남지 않을 수도 있지 않겠소?"

책사가 들고 있던 찻잔을 탁자에 내려놓으며 고개를 저었다.

"기천자, 자네는 아직 정파의 저력을 제대로 모르는군. 그들은 무수한 세월 마교나 사파, 변방 세력과 싸워왔어. 그러나 단 한 번도 무림의 주인자리를 내준 적이 없지. 이유가 뭔지 아나? 그건 그만큼 그들의 저력이 넓고 깊다는 뜻이네. 그걸 인정하지 않으면 우리는 실패를 반복할 뿐이지."

"……."

"정파는 그렇게 쉽게 무너지지 않아. 잡초보다 더 생명력이 강하지. 그런 놈들은 결코 단숨에 꺾이지 않는 법이지. 사파가 처음엔 맹위를 떨치겠지만 결국 먹는 건 별로 없을 거야."

구위영이 남은 차를 입안에 다 털어 넣고는 말을 받았다.

"물론 그럴 수도 있겠소. 하지만 악몽혈겁의 여파로 눈에 띄게 세력이 약해진 곳은 사파에게 좋은 먹잇감이 될 것 아니겠소? 그중에는 몇몇 알짜배기 지역이 있을 터이고. 그런 곳이 그들에게 넘어가면 배가 아플 것 같소만."

구위영의 떠보기에 책사가 배를 잡고 웃었다.

"하하하! 창공이 자네를 왜 그리 좋아하는지 알 것 같네. 나 역시 이리 자네가 좋으니 말이야. 맞네, 맞아. 알짜배기 땅을 그들에게 넘겨줄 수는 없지. 결코."

"……?"

"사파도 결국은 우리의 소모품이란 말일세."

"……!"

구위영이 놀라 눈을 치켜뜨자 책사는 그런 모습이 즐겁다는 듯이 미소를 지었다.

"그놈들은 정파를 말끔히 청소한 후 제거할 것이지. 물론 우리의 종으로 살겠다는 서약을 하는 자들은 살려주겠지만."

"후우우. 정말이지 천하가 피로 넘쳐 나겠군."

구위영이 진저리를 쳤다. 그런 모습이 책사에게는 환희의 경련으로 보였다.

"맞아. 이 어찌 즐거운 일이 아니겠나."

"그다음엔……."

구위영은 입술을 깨물며 말을 멈췄다.

하지만 진심으로 묻고 싶었다.

그렇게 피와 싸움과 학살이 즐거우면, 모두 쓸어버리고 나면 어디서 피를 찾을 것이냐고.

책사는 말을 흐린 구위영을 직시하며 물었다.

"그다음이라니?"

"아니, 그다음엔 우리가 천하의 진정한 주인이 되는 차례인가라는 말을 하려고 했소. 근데 그런 말을 하기에는 너무 시기상조가 아닌가 싶어서."

"하하하. 배포하면 자네가 아닌가? 당연히 우리가 천하의 주인이 되는 것이지."

"그렇군. 그런데 말이오. 이거 영 미안해서. 나는 그저 이렇게 가만히 있으면 되는 거요? 가만히 있다가 천하가 굴러오면 왠지 무위도식하다가 전리품만 챙기는 것 같아서 말이오."

구위영의 말에 책사가 갑자기 정색을 했다.

"왜, 뭔가 큰 공을 세우고 싶은 건가?"

"책사가 날 영입하면서 말하지 않았소? 큰 공을 세우게 하겠다고."

"진짜 큰 공을 세우고 싶다면, 더 큰 명성과 명예를 얻고 싶다면 밖보다 안으로 눈을 돌려야지. 그것이야말로 현명한 자의 처세술이네."

"……?"

"자네는 나와 한 배를 탄 거지?"

"그야 당연한 것 아니오?"

"그래. 슬슬 말하려고 했어. 자네가 부담을 가질까 저어하긴 했지만 계속 미룰 수는 없지. 그리고 자네 정도의 배짱이라면……."

구위영이 손사래를 치며 책사의 말을 끊었다.

"얼굴에 금칠은 필요없소. 난 책사와 한편이잖소."

"자네는 마교의 교주보다 높은 자리에 올라서고 싶지 않나?"

구위영의 눈이 번뜩였다.

"그, 그게 가능한 거요? 마도의 지존이라는 그보다 더 높은 자리라니?"

"물론 가능하네. 내가 허언을 한 적이 있나? 사실 나는 생각보다 많은 힘을 소유하고 있네. 물론 마교나 오인 원탁회보다는 못하지만."

"오인 원탁회? 그건 또 뭐요?"

구위영의 심장이 벌렁거렸다. 궁금한 것이 많았지만 지난 이십여 일 가까이 일부러 모른 척했었다. 이렇게 스스로 말해주길 기다리면서.

책사가 상체를 앞으로 숙이며 말했다.

"지금부터 말해주겠네, 우리의 권력지도를. 그리고 자네와 내가 밟고 올라가야 할 상대를. 우리가 일궈야 할 새로운 세상의 그림을."

"……."

"기천자, 자네가 아무리 능력이 출중하다고 해도 지금의 서열로는 마교나 오인 원탁회가 부리는 개 같은 신세를 벗어나지 못해. 이왕 큰일을 시작했으니 높은 곳으로 가야 하지 않겠나?"

구위영이 씩 웃으며 대답했다.

"허허허. 두말하면 잔소리요."

책사도 짙은 미소를 지었다. 그리고 거의 반나절에 가까운 대화가 이어졌다.

* * *

과거 흑룡근이었으나 이제는 청송단으로 탈바꿈한 일백 명의 사내.

그들은 구위영이 떠나기 전 만들어놓은 지옥수련진에서 한 달을 보냈다.

지옥수련진은 말 그대로 지옥 같은 수련을 하게 만든 진이었다. 아니, 지옥보다 더한 곳이었다.

말이 한 달이었지, 족히 십 년은 보낸 것 같았다.

청송장원의 연무장에 한 달 동안의 지옥수련진을 마치고 진정한 전사로 탈바꿈한 그들이 모여 있었다.

그들의 홀쭉한 뺨이 보는 장원식구들로 안쓰러운 마음이 들게 했다. 그러나 청송단원들의 눈에서 흘러나오는 형형한 빛은 지독할 정도로 강렬했다.

청송단주 이진표가 대표로 앞으로 힘차게 걸어나와 무루 앞에 섰다.

그가 한쪽 무릎을 꿇으며 외쳤다.

"주군."

그러자 뒤에 도열한 구십구 명의 청송단원들이 모두 부복하며 외쳤다.

"주군!"

그들의 신형에서 절로 흘러나오는 기운이 주변을 압도했다.

이진표가 고개를 들어 무루를 보며 말했다.

"주군, 해냈습니다. 주군께서 말씀하신 대로 본단의 절반이 검강을 시현할 수 있는 경지에 마침내 올라섰습니다. 나머지 절반 역시 절정의 경지에 달했습니다."

무루가 고개를 주억거리며 부드러운 미소로 답했다.

"고생했소. 정말 고생했소."

그의 말에 이진표의 눈에서 주르륵 눈물이 흘렀다. 구십구 명의 눈에서도 눈물이 흘렀다.

툭하면 끼어들어 딴죽을 거는 유라도 그들을 보고는 숙연해졌다.

암독왕이 분위기를 풀어보고자 농을 했다.

"지난 한 달이 힘들었겠지만 이리 경지가 높아졌으니 보람이 있겠구나. 허허. 이거 이러다가 나조차 따라잡는 거 아닌지 모르겠군."

그런데 그 농이 분위기를 썰렁하게 만들어 버려서 암독왕은 유라에게 뒷덜미를 잡혀 뒤쪽으로 끌려 들어갔다.

무루가 이진표의 손을 잡아 그를 일으키고는 찢어지고 멍든 손을 어루만져 주었다.

그러자 이진표가 어깨를 들썩였다.

흑룡근의 부근주였던 차가운 사내가 그 정도의 격한 감정을 보이니 지옥수련진이 얼마나 힘들었을지 짐작이 가고도 남았다.

"단주……."

"주군, 실망시켜 드리지 않기 위해서… 정말 최선을 다했습니다. 그래서 마침내 주군 앞에 떳떳한 모습으로 설 수 있어 제 스스로가, 제 수하들이 자랑스럽습니다. 주군, 저희들은 이제 정말 강해졌습니다."

무루가 그의 어깨를 부드럽게 툭툭 쳤다. 그리고 앞으로 나아가 부복하고 있는 청송단원을 일일이 한 명씩 어깨를 잡아 일으키고는 고생했다고 말을 해주었다.

청송단 모두가 입술을 질끈 깨물었다. 울음소리를 내지 않기 위해서.

그러나 얼굴만은 밝았다. 입은 미소 짓고 있었다.

감격에 찬 얼굴.

그들을 향해 무루가 외쳤다.

"장하오! 참으로 장하오!"

"주군!"

청송단 전원이 격동에 차 무루를 불렀다.

"이제 청송단은 천하에 있는 어떤 단일 무력단체보다 강력하다고 자부해도 될 것이오! 그대들은 이제 가히 일당백의 전사들이 뭉친 최강의 단체가 된 것이오!"

"주군!"

전원이 감동에 차 무루를 불렀다.

무루가 힘주어 말을 이었다.

"이제 남은 건 하나! 하나의 무력단체가 아니라 한 방파, 그것이 어떤 방파든, 어떤 고수들이 있든 무너지지 않을 강한 청송단이 되는 것이오. 일당백이 아니라 일당천의 청송단이 되는 것이오."

모두가 눈을 껌뻑이며 고개를 갸웃거렸다. 무루의 외침이
허공을 울렸다.

"지옥수련진! 한 번 더 하는 거요!"

"주구우운!"

청송단원이 목 놓아 무루를 불렀다.

그런 그들의 눈은 '차라리 그냥 죽여주십시오!' 라고 외치
고 있었다.

무루가 이진표의 어깨를 힘껏 잡았다.

"한 달만 더 고생하는 거네."

"주구우운!"

이진표가 서럽게 무루를 불렀다.

장원의 식구들은 차마 청송단원들을 보지 못하고 고개를
돌려 외면했다. 언제나 무루 편인 유라마저도 혀를 내둘렀다.

무루가 청송단을 위로했다.

"오늘 하루는 푹 쉬시오."

"주구우운!"

2

한 달 전 빙공으로 인해 폐허가 된 파양상단.

그곳에 금왕 고원지가 광도와 함께 삭풍을 맞으며 서 있었다.

그 뒤로 조금 떨어져서 청송표국의 국주와 총표두인 소유량과 마붕권이 서 있었고 또 그 바로 뒤에는 혈광비가 있었다.

혈광비가 겨드랑이에 양팔을 묻고 있다가 문득 생각났다는 듯이 마붕권에게 물었다.

"마 장로."

"지금은 표국 일을 하니까 총표두라고 불러라."

"에이. 지금 그게 중요한 게 아니고 말입니다. 난 표국 일행도 아닌데 왜 보표로 여기 와 있는 거냔 말입니다."

마붕권이 얼굴을 찡그리며 답했다.

"너는 살문과 우리를 연결시키는 고리 역할을 하고 있잖냐."

"그러니까 그게 지금 내가 여기 따라와야 하는 것과 무슨 상관이냔 말을 하는 거 아닙니까?"

마붕권이 고개를 돌려 그를 쏘아보며 가슴을 쳤다.

"답답하긴. 장원이나 표국에서 일어나는 일을 너는 흑살에게 알려야 하잖아."

"그냥 결과만 알려주면 되는데 왜 이 추운 날 나까지 생고생을 해야 하냐는 말이외다!"

소유량이 미안한 표정으로 혈광비를 보았다.

"생각해 보니 그렇군요. 돌아가서도 좋습니다."

소유량이 나서자 혈광비가 찌그러졌다. 마붕권은 자신보다 훨씬 강하지만 뭔가 만만한 것이 있었다. 하지만 소유량 국주는 훨씬 약한 데도 함부로 대하기가 껄끄러웠다. 그가 무루가 소중히 아끼는 사람이었기 때문이었다.

"구, 국주님. 뭐 그냥 얘기가 그렇다는 것이지요. 그리고 벌써 여기까지 와버렸는데요."

"허허. 그렇군요. 죄송합니다."

"아! 정말이지. 제발 저한테 말을 놓으시라니까요. 저번에도 무루 총호법이 있는 자리에서 저한테 말을 높이셔서 제가 얼마나 자리가 불편했는지 아십니까?"

마붕권이 씩 웃었다.

"흐흐흐. 너 지금 우리 국주님을 윽박지른 거 맞지?"

"헉! 내, 내가 언제 국주님을 윽박질렀다고 그러는 거요? 생사람을 잡아도 유분수지."

"맞잖아. 내가 이 두 눈으로 똑똑히 보고 두 귀로 들었다."

"이런! 국주님, 제가 국주님을 윽박지른 겁니까?"

소유량이 난처한 기색으로 손사래를 쳤다.

"아닙니다. 아니에요."

"거봐, 아니라고 하시잖아요!"

마붕권과 혈광비가 옥신각신했다. 그 모습을 보며 소유량은 어색한 미소를 지었다.

무루의 강권에 못 이겨 억지로 국주가 되긴 했다. 하지만 아직도 이런 자리는 불편했다. 엄청난 고수들이 자신을 깍듯하게 모시는 것이 가당키나 한 일인가?

그래도 무루를 생각하면 절로 기분 좋은 미소가 맺혔다. 살아줘서 고맙고 다시 돌아와 줘서 고맙기만 했다. 무엇보다도 훌륭한 사람으로 성장한 것이 가장 흡족했다.

녀석이 펼치고 있는 장원의 학당 일과 어려운 사람을 돕는 전장의 일이 대견했다. 열심히 표국 일을 해서 조금이나마 보탬이 되고 싶은데 근래 들어서는 세상이 하도 험악한지라 아무 일도 못하니 미안하고 답답하기만 했다.

소유량은 고개를 들어 하늘을 보았다.

바람은 찼지만 하늘은 구름 한 점 없이 맑고 깨끗했다.

금왕과 나란히 서 있는 광도는 초조해졌다. 약속 시간이 다가오고 있었다. 그런데 아직 무루는 나타나지 않았다.

금왕이 곁눈질로 광도를 보고는 말했다.

"걱정하지 말게. 무루는 올 것이네."

"만에 하나 오지 않는다면……."

"뒤에 있는 소유량이란 사람. 그에겐 아주 소중한 사람이야. 반드시 올 거네. 아니, 어쩌면 와 있을지도 모르지."

광도는 태평스런 금왕을 보며 감탄했다.

"주군, 어찌 그리 태평하십니까? 무루가 강하긴 하나 그자를 감당할 수 있을지는 장담할 수 없는데 말입니다."

"자네, 도박해 봤나?"

광도가 고개를 젓자 금왕이 말을 이었다.

"내가 가지고 있는 최선의 패는 무루네. 그 패가 그자에게 통용되지 않는다면 어차피 끝이야. 시간 끌어봤자 구차해지기만 할 뿐이지. 도박에서 이기기 위해서는 최선의 패가 손에 있을 때 전부를 걸어야 하는 거네. 기회란 그리 흔치 않거든."

"……"

"내가 최선의 패를 쓸 수 있다면 과감히 던지는 거네. 진인사대천명(盡人事待天命). 결과를 기다릴 수밖에. 물론 최선의 패를 던졌더라도 결과가 나쁠 수도 있을 거야. 하지만 적어도 나는 나 자신을 탓하진 않겠지. 하늘을 탓하지. 후후후."

"기다리면 무루보다 더 좋은 패가 나올 수도 있지 않습니까?"

금왕이 고개를 돌려 광도를 보았다.

"더 좋은 패가 나올 수 있을 것 같나?"

"……"

"지금이 적기네. 뒤로 미루면 그놈은 재산의 절반이 아니라 전부를 요구할 거야."

그 순간 한 줄기 전음이 금왕의 귀로 파고들었다.

[금왕, 당신의 차도살인지계(借刀殺人之計)였군. 내가 당신을 대신해 그 손목을 앗아간 상대를 죽여달라는.]

금왕의 얼굴이 눈에 띄게 밝아졌다.

"한무루. 왔군."

그의 말에 광도가 눈을 치켜떴다. 아무런 기도 느끼지 못했는데 무루가 왔다는 말인가? 그는 내력을 끌어올려 기감을 확장시켰다. 그러나 아무것도 걸리는 것이 없자 얼굴을 구겼다.

무루의 전음이 금왕에게 이어졌다.

[그런데 함께 있는 광도가 감당하지 못할 상대란 말이오? 어쨌든 대단한 자인 것 같은데……. 그건 내 알 바 아니고, 그자가 재산의 절반을 요구했다니. 그에 비하면 우리 표국의 보표 수당이 너무 작다고 생각하지 않소?]

"크크큭. 언제는 너무 많이 줘서 걱정이라더니. 뭐, 좋아. 곧 나타날 자를 네가 상대할 수 있다면……. 저번에 뜯어간 금자 백만 냥의 두 배인 금자 이백만 냥을 내어주지. 물론 그렇다고 청송장원 주변에 지금 공사하고 있는 것에 대한 비용을 돌려달라고 하지는 않겠다. 대신, 그곳에 들어설 백여 개의 전각들 중 하나를 나에게 내어주게."

무루는 혀를 내둘렀다.

금왕은 진정한 장사꾼이었다.

목숨을 위협하는 자가 있다면 언제든지 청송장원으로 와서 그 전각에 틀어박히겠다는 의미였다.

[정말이지 대단하군.]

"칭찬으로 듣겠네."

[좋소. 이 거래 받아들이겠소. 그런데 감히 황금련의 련주에게 재산의 절반을 내놓으라는 미친놈이 누구요?]

"나도 모른다. 다만… 지독히 강한 미친놈이란 것밖에."

그 말을 시작으로 한 달 전 일어났던 일을 최대한 요약해서 무루에게 해주었다.

[빙백마공이라. 재미있는 무공인 것 같소.]

무루는 적검왕에게 들었던 얘기를 토대로 그자가 노야의 직전제자 중 하나인 빙공일 것이라 생각했다.

"그래. 아주 재미있고 특이한 무공이지. 그 빌어먹을 무공이 지독히 강해서 난 내 손목 하나를 바쳤으니까."

옆에서 있던 광도는 지금 숨어 있는 무루가 주군과 빙백마공에 대해 말하는 것을 알아차리고는 끼어들었다.

"무루, 얕보지 말게. 그는 정말 강했네. 그 무공에 난 일초식도 저항하지 못했어. 가능하다면 나는 자네와 합격을 하고 싶은데 어떻게 생각하나?"

무루가 광도에게 전음을 보냈다.

[그렇게까지 할 필요는 없을 것 같지만 도움이 필요하면 부탁하겠소.]

광도가 안타까운 표정으로 무루를 불렀다.

"정말 강한 자란 말일세."

[흐음. 오는 것 같군요.]

"……?"

광도가 놀라 주변을 두리번거리며 끌어올리고 있던 기감을 확인했다. 그러나 여전히 잡히는 것은 아무것도 없었다.

[나는 주변에 저자 외에 다른 이들은 없는지 확인하고 곧 돌아오겠소.]

무루가 금왕과 광도 둘에게 마지막 전음을 날렸다.

금왕과 광도가 그렇게 허공과 대화를 나누는 것을 보며 무루가 지척에 있음을 간파한 마붕권과 혈광비가 갑자기 득의양양해졌다.

사실 그들은 광도를 보고 대경했다.

굳이 확인하지 않아도 자신보다 훨씬 고강한 고수임을 간파한 것이다. 그래서 그 둘은 혹시 자신들은 무루를 불러내기 위한 미끼였던 것은 아닌가 생각했었는데 그것이 적중한 것이다.

사실 어떻게 생각하면 무사의 입장에서 미끼로 사용되어진 것이 불쾌할 수 있었다.

그러나 그 대상이 주군이라면, 더 이상 신경 쓸 문제가 아니었다.

일각 정도의 시간이 지나자 빙공이 모습을 드러냈다. 여전히 등허리에 닿는 머리카락을 휘날리면서 등장한 그는 예전보다 더 차갑고 냉막한 얼굴이었다.

그가 입을 열었다.

"오면서 약간 생각을 해봤어. 그대가 약속을 지키지 않고 나오지 않으면 어떨까 하고."

"……"

"그럼 그것 나름대로 재밌겠다는 생각이 들더군. 황금련을 박살 내면서 너를 추격하는 것도. 좀 귀찮긴 하지만 대신 전 재산을 차지할 수도 있을 것 같고. 사람 죽이는 재미도 쏠쏠할 것 같고."

"……"

"어쨌든 넌 나왔군. 바보는 아니라는 의미겠지. 그건 그렇고 뒤에 있는 세 멍청이는 뭐지?"

마붕권이 즉각적으로 발끈했다.

"감히 노부더러 멍청이라고?"

금왕이 급히 돌아 양손으로 진정하라는 시늉을 하고는 다시 빙공을 보았다.

"표국 사람들이오."

빙공은 고개를 끄덕였다.

"네 재산을 나를 사람들이군. 좋아. 그런데 저들이 수송할 마차는 어디에 있지?"

금왕은 입술이 바짝 타는지 혀로 축이고는 말했다.

"너에게 줄 재산은……."

금왕이 소매 품에서 철전 하나를 꺼냈다.

팅!

손가락으로 튕긴 동전 한 닢이 허공을 빙글빙글 돌며 포물선을 그리며 떨어졌다.

"동전 한 푼이면 충분하지."

빙공의 검은 눈동자가 찰나 절반 가깝게 하얗게 변했다.

"호오! 이건 무슨 의미지? 두려움에 질려 실성이라도 한 건가? 아니면 손목 하나 잘린 것이 한에 맺혀 겁을 상실했나? 그것도 아니면 저 세 명의 멍청이를 믿는 건가?"

"……."

"대체 지금 네놈이 저지른 이 무례의 대가를 어떻게 치르려는 거지?"

스르르릉.

그의 검집에서 하얀 검이 맑은 검명을 토해내며 뽑혀져 나왔다.

소유량과 마붕권, 그리고 혈광비가 앞으로 달려와 금왕 앞으로 서며 보표 역할에 충실했다. 그 광경에 빙공이 기가 찬 표정으로 혀를 찼다.

"이거야 원. 웃긴 것도 어느 정도가 있어야 웃음이 나오는 법인데. 정말 저 떨거지 셋을 믿고 객기를 부렸단 말이야?"

광도가 한숨을 삼키고는 칼의 손잡이를 잡고 가장 앞으로 나섰다.

"돌아온 건가?"

무루에게 던진 물음이었다. 그러나 빙공은 자신에게 던진 질문이라 생각하고 눈을 껌뻑였다.

"무슨 말이지?"

"젠장. 대체 어디에 있는 거야?"

광도가 미간을 찌푸리며 화를 냈다. 태평하던 금왕의 얼굴에도 금이 쩍 갔다.

"서, 설마 그냥 혼자 도망가 버린 거야?"

빙공의 얼음장 같은 얼굴이 더 차가워졌다.

"네놈들이 단체로 실성이라도 한 거야? 그렇게 하면 내가 무례의 대가를 받아내지 않을 것 같은가?"

마침내 그의 눈동자에서 검은빛이 사라졌다.

온통 하얗게 변해 버린 눈동자. 흰자위보다 더 하얗게 변한 그의 눈동자가 차가운 기운을 품어냈다.

갑자기 주변의 공기가 차가워졌다.

가뜩이나 차가운 바람이 불고 있는데 그보다 더 짙은 한기가 주변으로 내려앉았다. 그리고 땅바닥에 서리가 어리기 시작했다.

빙공이 금왕을 쏘아보며 말했다.

"마지막으로 한 번의 기회를 주겠다. 대신 방금 무례의 대가는 저 떨거지 세 명과 네 벗이라는 광도의 목, 그리고 남은 네 손목 하나다."

금왕이 버럭 소리를 질렀다.

"한무루우우우!"

"미친!"

빙공이 노염 가득한 소리로 검을 허공으로 들었다. 그때 그의 하얀 눈동자가 흔들렸다.

무너진 담벼락 뒤에서 한 사내가 불쑥 솟아났다. 그는 금왕의 무리와 자신 사이로 들어섰다. 그리고 금왕을 향해 말했다.

"생각을 해보니까 짜증이 났단 말이오. 무슨 뜻인지 알겠소? 이건 경고요, 다음부터는 차도살인지계를 받지 않는다는."

금왕이 고개를 부지런히 끄덕였다.

"그, 그러지."

"내가 굳이 이런 상황을 만든 것을 잘 헤아려야 할 것이오. 소유량 아저씨나 내 소중한 사람을 미끼로 쓰지 마시오. 이번 한 번만 그냥 넘어가지만 더 이상의 무례나 장난질은 참지 않겠소. 만약 거절한다면 난 내 사람만 데리고 돌아가겠소."

"약조하겠네. 내 목숨과 황금련 전부를 걸고!"

역시 부지런히 고개를 위아래로 흔드는 금왕의 눈에 다가오는 무루의 발이 보였다.

그의 발이 움직이는 곳 주변으로 삼 장여.

내렸던 서리가 녹고 있었다.

무루가 다시 말했다.

"아무리 생각해도 화가 다 안 풀리오. 백만 냥 더 쓰시오."

"그러면 난 망하네. 자네에게 내건 조건은 정말 최대한 쥐어짠 것이네."

"싫다면 관두시오."

"오, 오십만 냥으로 하세."

"구십만 냥."

"육십만 냥!"

"팔십만 냥!"

"칠십만 냥!"

"알겠소. 칠십만 냥만 더 받겠소."

"……."

"자신이 말해놓고 싫은 거요?"

"아, 아니네."

그 둘의 대화에 광도는 혀를 내둘렀다. 무루야말로 진정한 장사꾼일지도 모른다는 생각마저 얼핏 들었다. 하지만 이런 상황에서 그 액수에 황금련이 망한다고 엄살을 떤 금왕도 만만치는 않았다.

무루가 금왕과 가까워지자 사람들은 그제야 '하아!' 하는 한숨을 토해냈다.

거대한 압력에 숨조차 쉬기 어려웠던 것이다.

무루가 소유량에게 부드럽고, 그리고 미안한 표정을 지었다.

"괜찮으십니까?"

"아. 나, 나는 괜찮네."

그는 정신이 없었다.

그야말로 압도적인 강함이란 것이 무엇인지 저 하얀 눈동자의 사내를 보고 경험했던 것이다. 만약 마봉권이 필사적으로 소유량을 보호하지 않았다면 몸 전체가 동상이 걸릴 수도 있었을 것이었다.

빙공은 아연한 얼굴로 무루를 보았다.

그저 걸어왔을 뿐이다.

그런데 빙백마공이 깨져 버렸다. 자신의 최고 절초인 빙백마공이 말이다.

"대체 이게?"

무루가 고개를 돌려 물었다.

"네가 빙공인가?"

"……!"

"뒷모습 보면 여자인 줄 알겠다."

빙공이 가장 싫어하는 말이었다.

"죽어!"

빙공의 신형이 땅을 박찼다. 그 순간 그의 신형이 사라졌다가 무루 바로 앞에서 사라졌다.

하얀 검신이 무루의 목 바로 앞까지 다가와 있었다. 바로 그 순간 둔탁한 타격음이 터졌다.

콰직.

무루의 발이 그의 낭심에 찍혀 있었다.

"끄어어억!"

빙공이 게거품을 무는 것을 보며 무루가 말했다.

"여자는 아니군."

"어어어억!"

빙공은 여전히 말을 잇지 못했다.

무루가 미안한 표정으로 말했다.

"음……. 이제는 남자도 아니겠군."

그 말에 다른 사람들이 빙공을 세상에서 가장 불쌍하다는
시선으로 보았다.

"꺼어어어어."

빙공은 여전히 말도 못하고 입만 벌렸다.

第七章
들어오는 자, 떠나는 자

絕代高手
절대
고수

1

금왕 고원지는 두 가지 사실에 충격을 받았다.

첫 번째는 무루의 상상을 초월한 강함이었다.

예전 광도가 무루는 자신보다 월등히 강하다고 얘기하긴 했지만 실제 속내는 반신반의였다.

그런데 천하에서 둘째가라면 서러울 절세고수인 광도를 겨우 일 초식 만에 꺾은 상대를 너무나 간단하게 제압해 버린 무루의 무위.

광도 역시 무루가 이 정도인 줄은 몰랐다는 듯이 말문을 잃었을 정도니까.

그런 점에서 소유량은 충격이 덜한 편이었다.

빙공이나 무루는 자신으로서는 헤아리기 힘든 까마득한 경지였다. 그런 그의 견지에서는 어차피 분간이 불가능했지만 중요한 것은 무루가 훨씬 더 세다는 것. 그 이상도 이하도 아니었다. 다만 소유량은 주변 사람들이 무루를 보며 놀라워하는 것이 그저 좋을 뿐이었다.

그리고 금왕이 두 번째로 충격을 받은 것은 무루가 말한 내용이었다.

노야, 그들의 직전제자, 마교, 그리고 오인 원탁회와 그들의 하부 조직인 사악련.

그 말을 듣고 노야가 뱉은 첫마디는 다음과 같았다.

"그럼 이 빙공이라는 무시무시한 놈 같은 자들이 여럿 또 있다는 것이 아닌가? 그 말은… 나는 아직 안전한 것이 아니라는 말이고, 또 이런 괴물 같은 놈들에게 기습을 당할 수도 있다는 뜻이잖아."

무루가 고개를 주억거렸다.

"그렇다고 할 수 있소."

금왕의 신형이 비틀거렸다. 빙공이라는 놈만 제압하면 별일은 없을 것이라 여겼는데 알고 보니 첩첩산중이었다.

적들은 이젠 눈에 불을 켜고 자신을 찾을 가능성이 컸다. 광도가 한숨을 흘리며 입을 열었다.

"주군……. 역시 당분간은 청송장원에 몸을 의탁하는 것이 낫겠습니다. 그리고 황금련의 모든 조직과 휘하 단체들은 당분간 문을 닫는 것이……."

금왕이 광도의 말을 끝까지 듣지도 않고 손뼉을 치며 기뻐했다.

"그렇지. 그런 방법이 있지. 아! 이런. 지금 청송장원의 공사에 투입된 인력을 열 배로 늘려야겠어. 그리고 본련의 특급, 일급 호위무사들은 모두 다 청송장원으로 불러들여!"

"모두 다 말입니까? 주군. 그 인원이 다 이동해도 머물 곳이 없습니다. 또한 그런 대규모의 이동은 오히려 적의 이목에 걸려들 공산도 크지 않겠습니까?"

광도의 지적에 금왕이 아차 하는 표정을 지었다. 그는 자신이 지나치게 흥분했다는 것을 깨닫고는 몇 차례 심호흡을 하고 생각을 정리했다.

"그렇군. 맞아. 그리고 본련이 문을 닫아건다고 해도 천하가 돌아가는 동정을 살피는 것을 늦출 수는 없지. 정보는 귀한 거니까."

"그렇습니다."

"일급 무사들은 빼기로 하지. 일단 본련의 총타에 있는 특급무사의 절반. 중원의 각 성에 배치된 특급의 삼 할만 불러들이기로 하세. 그러면 한 이백 조금 넘으려나? 그렇게 하지."

"현명한 판단이십니다."

"그리고 그들이 모두 청송장원으로 모이기 전까지 공사를
끝내야 해. 자네와 나는 바로 장원으로 가서 공사를 진두지휘
하세. 열흘 안에 모든 것을 끝내겠어!"

그는 무루에게 고개를 돌려 말을 이었다.

"이보게. 공사가 끝나면 그 많은 전각이나 행랑은 어차피
텅텅 빌 것 아닌가? 그 중 일부는 당분간 우리가 좀 빌리겠
네."

무루가 씨익 웃었다. 그러자 금왕이 눈살을 찌푸리며 말했
다.

"설마… 치사하게 그것도 돈을 받으려는 건가?"

"내가 그렇게까지 집요하지는 않소. 련주 말대로 어차피
그곳은 당분간 텅텅 빌 테니까. 그리고 본 장원의 외부를 황
금련의 특급무사들이 지켜준다는 것이 손해 보는 장사는 아
니니 말이오."

그 말에 금왕이 다행이라는 표정을 지었다. 무루가 말을 이
었다.

"다만 그쪽의 정보력을 공유하고 싶소."

금왕이 무루를 직시하며 '역시' 라는 표정을 지었다.

"동의하겠네. 하지만 자네의 정보력이 더 대단한 것 같은

데 얼마나 도움이 될지 모르겠군. 나는 까맣게 몰랐던 일들을 세세히 알고 있다니."

"그건 정말이지 운 좋게 알게 된 것이오."

"그런가? 알겠네. 좋아. 이것으로 또 하나의 거래가 성립되었군. 앞으로 신세 좀 지겠네."

금왕이 손을 내밀었다. 무루가 그 손을 잡았다.

그렇게 금왕은 안전을, 무루는 돈과 정보를 얻었다.

*　　　　*　　　　*

청송장원의 지하.

적검왕은 세 명의 제자와 함께 폐인이 되어 실신해 있는 빙공을 물끄러미 바라보았다.

적검왕이 한참을 말없이 보다가 입을 열었다.

"빙공의 빙백마공이 무루가 걸어오니 그냥 꺼져 나갔다고?"

그의 우측 뒤에 서 있는 진이 대답했다.

"예. 마붕권과 혈광비가 신이 나서 암독왕에게 말하는 것을 옆에서 들었습니다."

침묵.

또 다시 한참 후에 적검왕이 물었다.

"무기도 쓰지 않고, 그저 평범한 발차기로 빙공을 무너뜨렸다고?"

"예, 그렇게 들었습니다."

이어지는 침묵.

진 옆의 묘가 입술을 질겅질겅 깨물다가 그 고요함을 깼다.

"대사형은 그들의 말을 믿어? 다 허풍일 뿐이라고."

소처럼 장대한 덩치의 축이 그녀의 말을 반박했다.

"글쎄. 난 잘 모르겠어. 황망하지만 그라면 그럴 수도 있다는 생각이 들거든. 장군산에서 본 그자의 무위를 떠올려 봐. 가끔 우리의 내력을 보듬어주는 그의 능력을 생각해 봐. 난 그자가 과연 사람이 맞긴 한 건지 종종 의심마저 들어."

묘는 고개를 푹 숙였다.

사실 그녀도 같은 생각을 하고 있었다. 단지 자신의 마음속에서 늘 최고였던 사부님을 배려해서 한 말이었을 뿐이었다.

천하를 지켜야 한다는 지독한 압박감 속에서 살아온 사십오 년이었다. 자신만이 그 일을 할 수 있다며 버텨온 힘든 시간들이었다.

적검왕이 허탈한 표정을 짓더니 낮은 소성을 토해냈다.

"후후후. 허허허허."

세 제자는 사부의 그런 뒷모습을 묵묵히 지켜보았다.

언제나 거대하기만 했던 사부의 등.

그 등이 오늘따라 왠지 작게 느껴졌다. 그것이 안타까웠다.

적검왕은 한참을 웃다 멈췄다 웃다를 반복했다. 그러더니 몸을 돌려 제자들을 마주보았다.

"묘하구나. 허탈한 것 같기도 하면서 시원한 것 같기도 하고."

"……"

"어쩌면… 그 녀석이라면 노야를 상대할 수 있을지도 모르겠구나."

진이 말을 받았다.

"그럴 수 있기를 바라야지요. 안 그러면 세상은 지옥이 될 테니 말입니다."

"그래. 그렇지. 어쨌든 홀가분한 기분이 드는구나. 오랜 세월 내 어깨를 짓누르는 것이 사라진 것 같아."

"……"

"나는 떠나겠다."

그의 말에 세 제자들이 눈을 치켜떴다. 묘가 놀란 어조로 외쳤다.

"사부님. 그게 무슨 말씀이세요? 떠나시다니요? 아직 부상이 완쾌하지도 않았는데……."

"아니다. 거의 다 나았어. 그 녀석의 도움 때문이지."

"하지만 조금만 더 쉬세요."

"나는 이제야 비로소 무거운 짐을 덜어내고 자유로워졌다. 내 뜻대로 저들과 맞설 수 있게 되었어."

진은 사부의 얼굴에서 결심을 굳혔다는 것을 직감했다.

"어디로 가실 겁니까?"

"사천!"

진, 축, 묘의 입가에 희미한 미소가 맺혔다. 묘가 주먹을 불끈 쥐며 외쳤다.

"예전 광원평의 전설이 재탄생하는 건가요?"

"허허허. 글쎄. 어쨌든 하늘이 마교의 진군을 잠시 막아주었다. 나는 이것이 나에게 내려준 또 하나의 숙제라고 생각하고 있다. 다시 마교의 준동을 막으라는!"

세 제자의 가슴이 설레었다.

"내가 간다면 사분오열되어 있는 사천의 정파도 나를 믿고 힘을 합쳐 줄 것이라 믿는다. 그들과 함께 싸울 생각이다."

진이 고개를 숙이며 말했다.

"알겠습니다. 떠날 준비를 금방 마치겠습니다."

적검왕이 고개를 저었다.

"아니다. 나만 간다. 너희들은 이곳에 남아라. 그래서 무루를 도와라."

제자들이 눈을 부릅뜨며 간곡하게 외쳤다.

"안됩니다."

"함께 갈 것입니다."

"그럴 수는 없어요!"

그러나 적검왕은 단호하게 말했다.

"나는 어깨의 짐을 모두 내려놓았다고 말했다. 예전 그때로 돌아가 홀로 시작하겠다."

"사부님!"

"그리고 너희들은 이제 내 곁을 떠나야 한다. 무루의 곁에서 보고 배워라. 그리고 그를 돕고 지켜라. 잊지 말아야 한다. 오로지 그 녀석만이 노야를 상대할 수 있음을! 만에 하나 그가 허망하게 죽거나 다친다면 세상은 파멸이다."

진이 눈물을 흘리며 부복했다.

"아무리 그렇다 해도 사부님만 홀로 보낼 수는 없습니다."

축과 묘도 진 옆에 무릎을 꿇었다.

그러나 적검왕은 결심을 굽히지 않았다.

"나는 죽으러 가는 것이 아니다. 살러 가는 것이다. 오랜 시간 나를 짓누르던 것에서 마침내 벗어나 진정한 나를 찾으러 가는 것이란 말이다. 이런 사부의 발목을 너희들이 잡을 것이냐?"

진은 눈을 감으며 어깨를 떨었다. 잡을 수 없음을 깨달은 것이다. 묘도 그것을 느끼고 흐느꼈다.

"사부니임. 흐흑. 흑."

그러나 축은 울지 않았다.

"사부님!"

우직한 성정만큼이나 굵은 저음.

"떠나시는 것은 좋습니다. 그래도 말동무와 작은 심부름을 해줄 사람은 필요한 법이지요. 그러니 한 명은 데려가셔야 합니다. 그래야 남은 제자들도 최소한 발은 뻗고 잘 수 있을 겁니다."

"허어. 내 말을 못 알아듣는 거냐?"

"제가 좀 무식하잖습니까?"

그가 갑자기 머리를 바닥으로 던졌다.

쿵!

어찌나 강하게 들이박았는지 지하 전체가 울릴 정도였다. 축이 찧었던 고개를 들었다.

찢어진 이마에서 피가 흘렀다.

"사부님. 절 데려가십시오. 안 그러면 저는 사부님 걱정돼서 매일 이렇게 머리를 찧다가 죽어버릴 지도 모릅니다. 농이 아닙니다."

"허어."

천하의 적검왕마저 할 말을 잃었다.

소처럼 우직한 축.

좀처럼 고집을 피우지 않고 누구의 말도 순순히 따르는 순한 성격이다. 그런 그가 이런 모습을 보이니 모두가 곤혹스러워했다.

진이 아연한 얼굴로 피 흘리는 축을 보았다가 고개를 절레절레 흔들었다.

"사부님. 그렇게 하십시오. 축의 말이 일리가 있지 않습니까?"

묘가 볼멘소리로 말했다.

"축 사형은 정말이지…… 내가 가고 싶었는데 어떻게 이리 끼지도 못하게 상황을 만들어 버리냐?"

"미안하다, 사매."

축이 적검왕을 올려다보고는 허락을 원하는 눈빛을 지었다.

한없이 순한 눈동자. 그러나 그 속에 있는 그동안 보지 못했던 고집.

적검왕은 예상치 않은 복병을 만난 심정으로 혀를 찼다.

"축아, 대체 너는……."

쿵!

축이 또 다시 머리를 찧었다.

"사부님, 절 데리고 가주십시오!"

"아니, 그렇게 다짜고짜……."

쿵!

"사부님! 저를 데리고 가주십시오."

진이 보다 못해 급히 말했다.

"축의 머리가 깨지겠습니다."

다시 축의 머리가 밑으로 떨어졌다. 그의 머리가 또 다시 바닥과 충돌하기 직전 적검왕의 손이 섬전처럼 사이로 파고 들었다.

"이 녀석아."

"사부님, 저는 사부님을 따라갈 겁니다. 죽어도 따라갈 겁니다. 이 추운 날 사부님 홀로 떠나보낼 수는 없습니다."

적검왕의 눈시울이 뜨거워졌다.

"녀석."

"사부님!"

"뭐하는 거냐? 당장 떠날 준비를 하지 않고!"

축이 번쩍 고개를 들었다.

"정말이십니까?"

"허허허. 그래. 내가 졌다. 네 녀석에게 이 천하의 적검왕이 졌단 말이다. 허허허."

적검왕이 축을 안아 그의 등을 두드려 주었다.

그 모습을 남은 두 제자가 묘한 부러움과 사부님 홀로 보내지 않아도 된다는 안도의 시선으로 바라보았다.

"어디로 가십니까?"

무루가 물었다.

적검왕과 축이 청송장원을 나와 한참 걷고 있는데 네 마리 말이 이끄는 사륜마차가 달려오더니 그곳에서 무루가 뛰어내린 것이다.

적검왕이 엷은 미소를 지으며 말했다.

"사천으로 가네."

무루가 예상했다는 얼굴로 고개를 끄덕였다.

"마차를 가지고 가십시오. 안에 많지는 않지만 약간의 노잣돈도 챙겼습니다."

적검왕이 미안한 얼굴로 답했다.

"자네한테는 받기만 하는군."

"나중에 갚으시면 됩니다."

"허허허."

적검왕이 모처럼 시원한 웃음을 터뜨렸다. 잠시 웃던 그가 밝아진 얼굴로 말했다.

"인사도 없이 떠나 서운한가?"

"짐작하고 있었습니다. 어르신 성격에 지금까지 참은 것도 대단하다고 생각하고 있었으니까요. 그리고 또 다시 만날 터이니 잠깐의 작별이 대수겠습니까?"

"그렇게 생각해 주니 고맙군. 그리고 예전에 내가 자네를 다그쳤던 거, 마음에 담아두지 말게. 자네는 지켜야할 것들이 있었어. 그걸 내가 간과한 거지."

"잊은 지 오래입니다."

적검왕이 무루의 어깨를 툭툭 쳤다.

"천하를 지킨다는 거창한 명제 앞에 바로 주변에 있는 소소한 것들의 귀함과 소중함을 몰랐어. 바보였던 거지. 아무리 큰 것이라 할지라도 작은 것에서부터 시작하는 것임을."

무루가 고개를 저었다.

"저는 어르신의 생각이 틀리다고 생각한 적이 없습니다. 다만 생각과 환경이 달랐을 뿐이지요. 누구나 각자의 길이 있는 법 아니겠습니까? 어르신에겐 어르신의 길이 있는 것이고, 저에겐 저의 길이 있는 거라 생각합니다."

"그렇게 생각해 주니 고맙군."

"그리고 그 길을 끝까지 가다보면 서로 만날 수 있을 것이라 생각합니다. 왜냐하면 선택한 길은 달라도 꿈꾸는 그 끝은 같으니까요. 산을 오르는 길은 하나가 아니지 않습니까?"

무루의 말에 적검왕의 눈에 파문이 일었다. 뭔가 큰 깨달음이 그의 심장에 쿵하니 떨어진 것 같았다.

"그렇군. 맞네, 자네 말이. 나는… 그동안 한길만 고집했지. 다른 길도 있음인데……. 허허허. 내가 너무 고집을 부렸어."

무루가 허리를 깊이 숙였다. 그 정중한 읍에 적검왕이 눈을 크게 떴다.

"허허. 갑자기 이 무슨 예인가?"

"감사함을 전하는 겁니다."

"나에게 말인가? 고마움은 내가 자네에게 전해야 되는 것인데……."

"어르신이 그동안 걸었던 길이 최선의 정답이 아니었을 지도 모릅니다. 그러나 어르신이 지난 사십오 년 간 애쓰셨던 덕분에 많은 이들이 사십오 년씩이나 잘 살 수 있었던 것 아니겠습니까?"

"……!"

"어르신이 없었다면 아마 지금의 저도 없었을지 모릅니다."

적검왕은 코끝이 찡해졌다. 좀 전에는 제자가 자신을 울리더니 이제는 이 녀석이 자신의 심장을 뜨겁게 만들었다.

"허허. 내가 헛산 건 아니라고 위로를 해주는 건가?"

"위로가 아니라 그 누구보다 뜨겁게 사셨습니다. 그리고 앞으로도 그러실 것을 압니다. 그래서 이렇게 감사와 존경의 예를 올리고 싶었습니다."

적검왕이 무루의 손을 자신의 양손으로 포갰다.

"고맙군."

"부디 보중자애(保重自愛)하시길 바랍니다."

"그러겠네. 진과 묘를 부탁하네."

"그리하겠습니다. 걱정하지 마십시오."

둘이 마주보는 시선에 따스함이 넘쳤다. 그 둘을 바라보는 축마저 가슴이 뜨거워졌다.

그런 축이 고개를 갸웃거렸다.

장원의 지하에서 갑자기 왜소하게 느껴졌던 사부의 모습이 다시 크게 느껴졌다. 예전보다 훨씬 더.

축의 입가에 짙은 미소가 어렸다.

2

한기가 골수까지 치밀 정도로 차가운 밤바람이 숲 속을 사납게 할퀴어댔다. 짙은 구름에 달과 별이 모습조차 드러내지 못한 까만 겨울밤.

깊은 산중턱에 자리한 낡지만 제법 규모가 있는 관제묘 안에 모닥불이 피어져 있었다.

그 주변으로는 세 사람이 모닥불을 중심으로 앉아서 뭔가를 수군거렸다.

그들은 살문의 수장인 흑살 그리고 유령귀의 맏형과 막내인 유령일귀와 유령칠귀였다.

그들이 시답지 않은 농을 주고받으며 무료한 시간을 때우고 있을 때 갑자기 사당의 문이 벌컥 열렸다.

사냥꾼 무리였다.

호피를 걸친 선두의 장한이 너털웃음을 터뜨렸다.

"하하하. 실례 좀 하겠소이다. 벗들끼리 간만에 밤 사냥을 나왔는데 너무 추운지라. 잠시 몸 좀 녹일 수 있겠습니까?"

흑살이 시큰둥한 표정으로 대꾸했다.

"그러시오."

모두 호피를 걸친 총 여섯 사내가 안으로 들어왔다. 그들은 꽤나 추위에 시달렸는지 양손을 싹싹 비비며 다가왔다.

그들이 반장거리까지 다가섰을 때 흑살이 손을 들며 말했다.

"거기까지요. 불을 쬐고 싶다면 그곳에서 몸을 녹이시오."

선두의 사내가 얼굴을 와락 구겼다.

"허! 불이 닳는 것도 아닌데 인심이 너무 박한 것 아니오?"

"어쨌거나 이건 나와 여기 있는 두 사람이 지핀 불이오. 내 불을 내 맘대로 한다는데 이의있소?"

호피 사내들이 오만상을 한 채 서로의 얼굴을 마주보았다. 그들 중 무리의 중앙에 있던 준수하게 생긴 사내가 앞으로 나와 말을 붙였다.

"그럼 우리 거래를 하는 건 어떻소? 불을 가까이서 쬐게 해 준다면 우리가 잡은 토끼와 죽엽청 한 잔 대접하리다. 이 정도면 그쪽도 손해 보는 거래는 아닐 것 같은데."

그가 한 손에 토끼를, 다른 한 손에 죽엽청이 담긴 호리병을 들고 흔들었다.

유령칠귀가 그것을 보고는 흑살에게 말했다.

"받아들일까요?"

"저 술에 독이 들었으면 어쩔 겁니까?"

"하긴. 요즘 세상이 하도 흉흉하니 조심해서 나쁠 건 없지요."

연이은 거절에 사냥꾼들의 약이 바짝 올랐다.

"이거 이렇게 되면 자존심 때문에라도 꼭 그 불을 같이 쬐고 싶어지는군."

"너무하잖아, 고작 모닥불 가지고."

흑살은 태연했다.

"그 고작 모닥불을 당신들도 피우면 될 것 아니오?"

"정말이지 당신들!"

사냥꾼들이 험악한 표정을 지었다. 그러자 흑살이 옆에 놓인 검을 쥐며 씩 웃었다.

"그대들이 말하는 그 고작 모닥불 때문에 싸우자는 것이오?"

두 유령귀도 허리춤에 매달린 채찍의 손잡이를 잡았다. 그들이 언제라도 출수할 준비를 하자 준수한 미남자가 동료들을 만류했다.

"자자. 그만하자고. 간만에 벗끼리 사냥을 나왔는데 기분 상할 일 있나? 그냥 우린 저쪽에서 불을 지피자고."

그의 말에 사내들이 이동했다. 그러자 흑살이 배를 잡고 웃었다.

"크크큭. 이거 정말 더 이상 웃겨서 못 봐주겠군. 자객인 것이 너무 드러나잖아."

유령칠귀가 말을 받았다.

"그러게 말입니다. 흐흐흐."

호피 사내들이 걸음을 멈췄다.

표정이 사라진 얼굴. 그러나 그들의 얼굴에 기괴한 미소가 피어났다.

특히나 미남인 사내는 고개를 삐딱하게 옆으로 제치고 혀를 찼다.

"그렇게 티가 났나?"

흑살이 고개를 끄덕였다.

"그걸 말이라고 하나? 아무리 같은 일에 종사한다지만 이런 수준은 좀 아니라고. 한심하군."

유령일귀가 고개를 끄덕였다.

"그러게 말입니다. 저런 자들이 어떻게 본 문보다 더 강한 곳이라 알려진 것인지……. 그러고 보면 세간의 평판도 믿을 것이 못됩니다."

미남자가 눈살을 찌푸리며 들고 있던 토끼와 호리병을 옆으로 팽개쳤다.

"어디가 그렇게 한심했지?"

"우리는 병장기를 휴대한, 딱 봐도 무림인이야. 그런데 겨우 사냥꾼이 그렇게 건방을 떨어도 된다고 생각하나? 정상적이라면 우리 눈치를 봐야 하는 것 아닌가?"

미남자가 어깨를 으쓱하고는 인정한다는 표정을 지었다.

"괜찮은 눈썰미군. 하긴 살문의 수장이 그 정도 눈치도 없다면 싱겁지."

"칭찬으로 받아들이지. 그런데 그대의 직위는 어떻게 되지?"

미남자가 하얀 이를 드러내며 소리없이 웃다가 답했다.

"자객루주."

그의 말에 흑살의 눈에 빛이 일었다.

"호오. 그대가 그토록 비밀에 휩싸여 있는 자객루의 수장인가? 늙수그레한 사람을 기대했는데 뜻밖이군. 하하하. 그렇다면 함께 있는 다섯은 자객루의 다섯 최고수인 오영살(五影殺)이겠군."

혹살이 재미있다는 표정으로 웃었다. 그러자 두 유령귀도 키득거리며 어깨를 들썩였다.

여섯 사내의 표정이 언짢아졌다.

자신들의 신분을 알게 됐는데도 전혀 주눅 든 모습이 아니기 때문이었다. 아니 여전히 자리에서조차 일어나지 않는 것이 오만하기까지 했다.

푸스스스스.

미남자를 제외한 다섯 사내가 손으로 얼굴을 문지르자 인피면구가 벗겨졌다. 가면 뒤로 드러나는 그들의 얼굴은 모두가 날카로운 눈매를 가진 전형적인 살수의 얼굴을 가진 노인들이었다.

혹살이 자객루주를 보며 물었다.

"그대는 본얼굴인가 보지? 자객루주가 이리 미남자일 줄은 몰랐군."

자객루주가 의아한 시선으로 혹살에게 말했다.

"자객루가 어떻게 움직이는지 모르나?"

"죽일 대상이 정해지면 수장부터 말단까지 자객루 전체, 일백 살수가 움직인다. 그럼으로 자객루는 자신들이 원하는 자를 제거하지 못한 전례가 단 한 번도 없다. 그걸 말하는 거겠지?"

"알고 있는데도 그런 여유를 부리다니. 당최 이해할 수가 없군. 넌 오늘 밤 이곳에서 죽어."

흑살이 쥐고 있는 검을 옆에나 내려놓고는 불을 쬈다. 그 태연자약하고 오만한 행동에 자객루주와 오영살이 부르르 몸을 떨었다.

흑살은 아예 그들을 외면하고 모닥불을 보며 말했다.

"자객루가 한 번도 청부를 실패한 적이 없다는 전설, 나는 그걸 별로 대단하게 생각하지 않아. 왠지 아나?"

"왜지?"

"성공할 청부만 받았다는 거지. 어려운 청부는 거절했고."

"……!"

"세상에 완벽은 없어. 음……. 갑자기 이 말을 취소하고 싶어지는군. 내 친구 중에 한 녀석이 떠올라서 말이야. 쩝. 얘기가 잠시 샜는데 다시 말하지. 너희 자객루는……."

"……."

"모두 겁쟁이라는 말이야."

차아앙.

오영살이 동시에 병장기를 뽑았다. 그리고 왼손으로는 어느새 암기를 품속에서 꺼내 출수 준비를 마쳤다. 그러자 유령귀가 벼락처럼 일어나 모닥불을 쬐고 있는 흑살의 좌우에 섰다.

흑살의 시선이 모닥불에서 자객루주에게 향했다.

"내 말이 틀렸나?"

담담한 어조로 묻는 그의 입가에 비릿한 미소가 피어났다. 자객루주는 뜻 모를 한숨을 흘렸다가 어깨를 으쓱거렸다.

"맞아."

그의 솔직한 답변에 흑살의 눈동자가 처음으로 흔들렸다. 그러나 그보다 더 놀란 이들은 오영살이었다.

"루주!"

오영살의 첫째가 이맛살을 찌푸리며 자객루주를 불렀다. 그러나 자객루주는 씩 웃으며 흑살에게 말을 이었다.

"우리가 한 번도 실패하지 않는, 십 할의 성공률을 보이는 건 네가 말한 이유 때문이야. 우린 실패할 가능성이 극히 조금만 있어도 나서지 않거든. 그런데 말이야. 이건 또다시 생각하면 이런 말도 성립해. 우리가 나서면 그 대상자는 반드시 죽는다."

"호오! 그거 괜찮은 표현이군."

"고로 우리가 움직인 이번에도 대상자는 죽는다. 그 대상자는 살문주인 너고. 하하하."

자객루주가 호쾌하게 웃었다. 그 웃음에 오영살도 진득한 미소를 흘렸다.

흑살이 고개를 설레설레 저으며 대꾸했다.

"재미있는 친구군. 솔직히 말해서 죽이기가 조금 아까워졌을 정도야."

"이해되지 않는 게 대체 그런 얼토당토않은 자신감은 어디서 나오는 것이지? 이 관제묘 주변에는 본 루의 살수 전원이 내 명만 기다리고 있어. 굳이 내 수하들이 아니더라도 여기 있는 우리를 너희는 당해내지 못해. 유령귀 일곱이 모두 모여 있었다면 재미있는 승부가 됐겠지만."

흑살이 손을 들어 그의 말을 제지했다.

"싸우기 전에 꼭 하고 싶은 말이 있다."

"뭐지?"

"너희들 좀 비겁하잖아. 우리가 지금 잔월궁과 싸우고 있는데 어부지리를 노리는 건 좀 아니잖아? 우리가 비록 어둠의 자식들이긴 하지만 그래도 우리들끼리 지켜야 할 최소한의 예의가 있는 거 아니겠어?"

"지랄."

"허어! 거 말본새 한 번 당차군."

"이제 유언은 다 끝난 건가?"

"유언이라……. 글쎄 그걸 남겨야 할 사람이 과연 날까?"

자객루주는 자꾸만 찝찝한 기분이 들었다. 미치지 않고서야 작금과 같은 상황에서 저런 말을 늘어놓을 수는 없었다.

흑살이 마침내 검을 잡고 몸을 일으키며 말했다.

"내가 그대를 이리로 유인했다고 가정해 보는 건 어때?"

"……!"

"자객루는 사실 서열 같은 것을 탐내는 자들이 아님을 알고 있어. 그저 살인의 미학을 즐기는 자들. 청부 대상도 아주 까다롭지. 바로 대상자가 죽을 만한 죄를 지은 증거를 가지고 와야 청부를 받는 살수들. 뭐, 이쪽 업계에서 바른 생활을 하는 살수라고 해야 하나? 크크큭."

"……."

"그런데 본 문은 지난 수십 년간 거침없이 세를 키워왔지. 그리고 마침내 서열 일위인 잔월궁까지 삼켜 먹고 있어. 아마 자객루는 불안했겠지. 다음 대상은 우리가 아닐까 저어했겠지."

"……."

"그래서 호시탐탐 기회를 엿봤겠지. 그러다가 내가 두 명만 데리고 모종의 작전 수행을 하는 동안, 거처할 임시 장소를 이곳으로 두었다는 정보를 포착하고는 달려온 거 아닌가?"

"으음……."

자객루주의 입매 사이로 들릴 듯 말 듯한 신음이 흘러나왔다.

"그런데 그 정보, 내가 흘렸거든. 너희들을 꼬드기려고. 그래서 나나 여기 있는 두 원로께서 이리 태연할 수 있는 거야."

자객루주와 오영살의 얼굴이 딱딱하게 굳었다.

그들 중 자객루주가 가장 먼저 표정을 풀고 미소까지 지으며 입을 열었다.

"그래. 그렇다고 치자. 치밀한 심계와 대담한 유인책. 너 아주 마음에 들어. 그런데 너 미친 거 아냐? 겨우 셋이서 본루를 상대하겠다고 이런 짓을 꾸민 거야?"

흑살이 고개를 저었다.

"왜 우리 셋뿐이라고 생각하지?"

"그럼 또 여기에 누가……."

자객루주가 말을 흐리며 양 볼을 씰룩였다. 그는 설마 그럴 리 없다는, 그건 불가능하다는 표정을 지으면서도 불안감 어린 목소리를 뱉었다.

"일루(一縷)!"

아무런 응답이 없었다. 관제묘 밖에는 그저 바람 소리만 들렸다. 자객루는 다섯 명씩 한 조를 이뤄서 루(樓)라고 불렀다. 자객루주가 다시 외쳤다.

"이루!"

휘이이잉.

"삼루! 사루! 오루!"

그가 발작하듯이 소리를 질렀다. 오영살이 그제야 사태가 심상치 않음을 깨닫고는 눈을 두리번거렸다.

자객루주는 입술을 덜덜 떨다가 아연한 얼굴로 흑살을 직시했다.

"이건… 불가능해. 이 주변엔 정말 아무도 없었어."

"그건 당신들만의 착각이지."

"착각이 아니야! 우리도 너희들과 같은 자객들이야. 은신술에는 정통해 있다고. 설사 매복이 있었다고 해도 우리 백여 명 어느 누구도 눈치 못 채는 경우는 있을 수 없어!"

그의 절규 같은 외침이 이어졌다.

"또한 본 루 전원이 이렇게 소리도 없이 당한다는 것도 말도 안 돼. 그것도 너와 대화를 나눈 겨우 일각 정도의 시간 만에."

흑살이 귀밑머리를 긁으며 대꾸했다.

"그걸 가능하게 하는 친구가 있지."

끼이이잉.

닫혔던 사당의 문이 열리고 한 청년이 들어섰다. 그는 물론 무루였다.

흑살이 그를 보고 웃으며 말했다.

"저 친구야."

그 말이 끝나기 무섭게 오영살의 좌수에 잡혀 있던 암기들이 날았다.

　파아아앗.

　내력이 담긴 십여 개의 비수와 무수한 철구슬들.

　그러나 무루는 뒤돌아서 열린 문을 닫았다.

　무루를 난도질할 것 같이 쏘아진 암기들.

　그것들이 무루의 지척에 다가서더니 허공에서 멈췄다. 그 광경에 자객루주와 오영살의 눈이 찢어질 듯이 커졌다.

　문을 닫은 무루가 돌아서자 암기들이 힘없이 떨어졌다. 오영살이 다시 무루에게 암기를 쏘아냈다.

　더 많은 암기들이 더 강력한 힘을 안고 더 빠르게 무루를 덮쳤다. 그러나 결과는 똑같았다. 무루의 근처에 다가선 암기들은 허공에서 멈췄고 이내 바닥으로 떨어져 버렸다.

　오영살 중 둘째와 셋째가 동시에 바닥을 박차고 무루를 향해 폭사했다.

　무루는 앞으로 발을 내딛으며 그들의 칼을 손으로 받았다.

　쩌어엉.

　맨살과 칼이 부딪쳤는데 쇳소리가 터졌다. 무루는 그들의 칼을 어린애 손에 쥐어진 장난감을 빼앗듯이 거머쥐고는 좌우로 던졌다.

　그 두 칼이 좌우의 벽에 날아가 꽂혔는데 어찌나 깊이 들어갔는지 칼의 손잡이까지 박혀 버렸다.

졸지에 무기를 빼앗긴 두 살수는 꼼짝도 할 수가 없었다. 어느새 마혈을 점령당한 것이다.

칼을 빼앗길 때의 자세인 엉거주춤한 자세로 고정된 그들은 눈만 또르륵 굴렸다.

아주 짧은 시간에 벌어진 이 일은 남은 오영살과 자객루로 하여금 아무 저항도 하지 못하게 전의를 빼앗아가 버렸다.

꿈에서조차 상상해 본 적이 없는 일이 지금 눈앞에서 펼쳐지고 있었다.

자객루주와 오영살 세 명의 사이를 지나쳤다. 그 순간 자객루주와 오영살의 눈빛이 교환됐다.

지금 공격해야 한다!

그러나 그들은 아무 것도 하지 못했다. 칼을 움직이려는 순간 섬뜩한 한기가 그들의 몸을 한 차례 휩쓸고 지나갔다.

부르르르.

전신이 경련을 일으켰다. 그의 뇌리에 고집을 부려 칼을 휘두르면 죽는다는 본능의 경고등이 켜졌다.

그리고 그가 지나가자 그들은 동시에, 부지불식간에 한숨을 토해냈다. 그들은 방금의 경험으로 한 가지를 확실하게 깨달았다.

이 사람.

자신들은 절대 죽일 수 없었다. 아니, 과연 이자를 죽일 사람이 천하에 있을지조차 회의적이었다.

무루가 모닥불가에 서자 흑살이 반겼다.

"한무루! 약속을 잊지 않고 도와줘서 고맙네."

두 유령귀도 정중하게 포권을 취했다.

무루가 그들과 가볍게 인사를 나누고는 고개를 돌려 자객 루주를 보았다.

"여자군."

자객루주의 눈동자가 흔들렸다. 흑살은 대경하며 무루에게 물었다.

"정말인가?"

"그래."

흑살이 꼼꼼히 자객루주를 훑었다. 그러자 그가, 아니 그녀가 새롭게 보였다.

중년 미부.

무루가 자객루주를 보다가 손짓했다.

"나눌 얘기가 있으니 이리와 주시겠소?"

그녀가 당황하며 어떻게 해야 할지 모르겠다는 표정을 짓다가 세 명의 오영살을 보았다. 그러나 그들이라고 딱히 무슨 답을 내놓을 리 만무했다.

그저 지금의 상황이 너무 비현실적이라 공포스러울 뿐이

었다.

그녀가 입술을 질끈 깨물었다가 성큼성큼 무루의 옆으로 들어섰다. 그리고는 태연하게 불을 쬐며 물었다.

"당신은 대체… 누구죠?"

흑살은 그녀의 기개에 놀랐다. 그러나 곧 그녀의 떨리는 다리를 보고는 속으로 웃음을 삼켰다. 자신이라도 그녀와 같은 반응이었을 터였다.

"한무루요."

그녀가 물었다.

"제 수하들을 처리한 것이 당신인가요? 아! 어리석은 질문이군요. 당신이…….."

"모두 마혈을 짚어두었소. 아마 이각 정도 뒤면 풀릴 거요."

무루의 말에 놀란 흑살이 펄쩍 뛰었다.

"죽이지 않았단 말인가?"

그러나 흑살보다 더 놀란 건 자객루주였다.

"정말인가요?"

"그렇소."

무루가 힐끔 뒤를 보았다가 여전히 엉거주춤한 자세로 있는 오영살의 둘째, 셋째를 보고는 가볍게 손을 흔들었다.

그러자 그 둘이 격한 숨을 내쉬며 돌아섰다. 세 명의 오영살이 그들에게 달려가 괜찮으냐고 묻자 그 둘이 가슴을 부여잡고 고개를 끄덕였다.

흑살이 이해할 수 없다는 표정을 지으며 외쳤다.

"자네, 대체 왜?"

"이번 일은 여기서 덮기로 하지."

흑살이 미간을 구겼다. 그러나 그가 그렇게 이미 말했다.

"알겠네. 하지만 이유 정도는 들려줄 수 있겠지?"

"오기 전에 자객루에 대해 좀 알아봤다. 여기서 자객루주가 살문과 불가침 협정을 맺는다면 굳이 이들 모두를 제거할 필요는 없다고 생각하는데."

자객루주가 냉큼 말했다.

"하겠어요."

번개처럼 튀어나온 그녀의 말에 흑살이 쓴웃음을 지었다.

"뭐, 좋소. 그대가 본 문의 뒤통수만 노리지 않는다면 나도 상관없소. 나 역시 자객루주의 화통함이 마음에 들었던 참이니까."

"좋아. 청송장원이 그리 멀지 않으니 거기서 서로 협정서를 쓰기로 하지."

"알겠네. 그렇게 하기로 하지."

흑살은 약간의 아쉬움이 없는 건 아니지만 깔끔하게 마음을 접었다. 굳이 이 문제로 무루와 부딪치고 싶은 생각은 눈곱만큼도 없었기에. 그리고 자신이 손해 본 것은 아무 것도 없으니까.

자객루주가 무루의 옆얼굴을 보다가 물었다.

"대가없이 이럴 리는 없을 것 같은데. 맞죠?"

무루가 고개를 주억거렸다.

"맞소. 기왕 일이 이렇게 된 거, 부탁하고 싶은 것이 있소. 물론 듣고 거절해도 개의치 않겠소."

그녀가 피식 웃었다.

"무조건 들어주어야 한다는 말보다 어쩨 더 으스스하게 들리는군요. 말해보세요."

"딱 일 년 동안 내 수하가 되어주시오. 자객루가 해야 할 일은……."

그녀가 무루의 말허리를 끊었다.

"하겠어요."

"……!"

"어차피 당신의 아량이 없었다면 본 루는 오늘 끝이었을 터. 어떤 일이든지 하겠어요."

"보수는 적당하게 지급하겠소."

"주신다면 감사히 받지요."

지켜보던 흑살이 혀를 내둘렀다.

"크크큭. 생각보다 더 화통하군. 마음에 드는데."

자객루주가 흑살을 향해 콧방귀를 꼈다.

"헛물켤 생각은 꿈에도 꾸지 않는 것이 좋을 거야. 쥐도 새도 모르게 네 가운데 다리가 사라지는 재앙을 맛보기 싫다면."

"큭. 크하하하."

흑살이 고개를 절레절레 흔들며 웃었다.

무루가 그녀를 향해 말했다.

"제안을 받아들여줘서 고맙소."

"별말씀을. 그리고 이건 여담인데, 당신이라면 헛물켜도 되요. 아마 헛물이 아니라 진국이 될 테니까 말이죠."

흑살이 진지한 표정으로 끼어들었다.

"꿈 깨는 게 좋을걸? 유라라고 아주 무시무시한 마녀가 이 친구 옆에 있으니까?"

"유부남? 상관없어."

"이 친구는 아직 총각이지. 하지만 그녀를 직접 보면 알게 될 거야. 크크큭."

"아직 총각이라고? 재미있겠는데?"

무루가 둘의 잡담을 깼다.

"돌아가지."

흑살이 말을 받았다.

"그럴까? 그런데 곧 잔월궁 청소가 끝날 것 같은데 본 문은 고용할 생각 없나?"

"친구에게는 은자를 지급할 생각 없는데."

"허어. 그 무슨 섭섭한 말인가? 친구 사이에 당연히 무료 봉사지."

흑살은 나름 머리를 굴리는 중이었다. 자객루와 불가침협정을 맺는다 해도 세월이 지나면 언제든지 휴지 쪼가리로 변할 수 있는 것이 사람 마음이었다.

아닌 말로 십 년 후, 혹은 이삼십 년 후에 자신들과 자객루가 전쟁을 벌이게 될지 누가 알겠는가?

그런데 무려 일 년을 자객루가 무루와 붙어 있겠다는 것이 왠지 꺼려진 것이다.

흑살의 말에 무루가 흔쾌히 답했다.

"그렇다면 기꺼이 받아들이지."

"하하하. 이거 무슨 일이 떨어질지 모르지만 벌써 설레는 걸. 미리 귀띔해 줄 수 없나?"

"원래 하던 일이야. 암살."

"짐작이 가는군. 지금 분탕질에 정신없는 사파의 주요 인사겠지?"

"그래."

자객루주가 살짝 눈가를 찡그렸다.

"저희도 그런 일을 하게 되는 건가요?"

"그런 일도 있고, 다른 일도 있소."

"사파의 핵심 인물들을 제거할 수는 있어요. 하지만 문제가 있지요. 본 루가 한 것이 밝혀지면 그 뒷감당이 결코 쉽지……."

흑살이 혀를 찼다.

"쯧쯧. 답답하기는. 뒷감당할 문제가 생기면 이 친구에게 부탁하면 되잖소?"

자객루주의 눈이 반짝였다.

"살문주의 말을 믿어도 되는 건가요?"

무루가 고개를 끄덕였다.

"내가 부탁한 일로 인한 것이라면."

"호호호. 재미있겠군요. 뒷감당을 전혀 신경 쓰지 않아도 된다라……."

그녀가 재미있다는 듯이 웃었다.

기실 살수는 상대가 정파든 사파든 어느 정도 규모 이상의 방파 인물들, 특히 간부 이상의 사람들은 절대 건드리지 않는다. 대상자를 해치울 수가 없어서가 아니라 그 후환이 두렵기 때문이었다.

돈에 혹해 이런 불문율을 위반하는 자객 집단은 복수를 하려는 방파의 집요한 추격에 결국 쇠락의 길을 걸어야 했다.

그런데 그런 걱정 없이 상대를 제거하는 것에만 집중한다
는 것은 모든 자객들의 꿈이고 이상이었다.

사실상 강호의 자객 집단 서열 일위와 이위가 비록 일 년
간이지만 무루에게 이렇게 합류했다.

第八章

책사란 사람들

絶代高手
절대
고수

1

'비록 목숨을 구함 받았다지만 당당해야 해!'

자객루주는 깨어난 일백 수하들과 무루의 뒤를 따르며 결심했다. 그녀는 이동하는 동안에 흑살과 대화를 하면서 몇 가지 정보를 캐냈다.

무루는 청송장원, 청송전장, 청송표국의 공동 총호법이며 실제의 수장이라고 했다.

그리고 사매라고 할 수 있는 우호법인 유라라는 예쁜 여인이 무루에게 목매고 있다는 사실과 돈이 아주 많다는 것을 짐작했다.

수하 무사들은 장원에 청송단이란 일백 명이 있고 몇몇 암독왕과 마붕권이란 오백위 고수들이 있으며 표국엔 평범한 표사들이 수십 있다 했다.

그녀는 밤새도록 달려 동이 트는 시점에 청송장원이 보이는 벌판에 당도할 수 있었다.

그녀의 눈이 휘둥그레졌다. 흑살이 말한 규모보다 훨씬 더 큰, 그야말로 으리으리한 장원, 아니, 장원이라고 하기엔 너무 거대한 전각들의 바다가 성처럼 펼쳐져 있었다.

금왕이 진두지휘한 공사가 거의 완공 직전이었던 것이다.

흑살도 놀랐는지 눈을 휘둥그레 떴다.

"아, 아니 그 사이에 무슨……."

무루가 쓴웃음을 지으며 말했다.

"뭐, 그렇게 됐네. 이제 다 왔고 지친 사람들도 보이니 이젠 좀 걷기로 하지. 일출 구경도 할 겸."

자객루의 살수들 중 일부가 탈진한 모습을 보이고 있었다.

붉어진 동녘 하늘은 장엄했다. 모두가 지친 심신을 달래며 그리고 호흡을 정돈하며 걸음을 내딛었다.

특히나 자객루주가 전음으로 수하들에게 당당한 모습을 보이라고 전해서 그들은 더 어깨와 가슴을 펴고 걸었다.

그때 청송장원에서 사람들이 우르르 쏟아져 나왔다.

지옥수련진의 수련을 받을 장소로 떠나는 청송단이었다.

그들의 두 번째 수련도 이제 막바지에 달해 있었다.

눈빛은 형형하되 예전처럼 폭사하지는 않고 잘 정리된 느낌이었다. 몸에서 흘러나오는 기운은 부드러움 속에 잘 벼린 칼날 같은 기세를 품었다.

그런 일백여 명이 문 앞에서 대오를 갖췄다.

이미 멀리서 다가오는 무루 일행을 본 그들은 일제히 고개를 숙였다. 선두의 이진표가 말했다.

"주군을 뵙습니다."

그의 목소리가 무루의 근처에서 말하는 것처럼 아주 똑똑하게 들렸다. 고함을 지른 것도 아니었건만 저 멀리 떨어져서 하는 말이 부드럽게 들렸다.

흑살과 자객루주의 목이 꿀렁거렸다.

청송단이 대오를 갖춰 달리기 시작했다.

타앗. 탓, 탓, 탓.

한 걸음에 서너 장이 쑥쑥 지나갔다. 그들은 그야말로 순식간에 무루의 앞으로 다가왔다.

무루가 그들을 보며 말했다.

"열심히 수련하도록."

"옛!"

동시에 대답하는 그들.

순간 무루를 제외한 모두는 입을 쩍 벌렸다.

일백의 청송단.

그들의 신형에서 넘실거리는 기운이 자신들을 질식시킬 것만 같았다. 오죽하면 흑살이나 유령귀 그리고 자객루주와 오영살까지 다리를 후들거렸겠는가!

청송단은 순식간에 지나갔다. 그러나 사람들은 한참을 숨 쉬기 위해 필사적인 노력을 해야 했다.

숨조차 제대로 쉬기 힘들게 하는 무지막지한 그 느낌은 생각하는 것만으로도 살이 떨려왔다.

만약 전장에서 저들이 살기를 품고 달려온다면?

그건 악몽일 것이었다.

그들이 청송장원에 가까워졌을 때 정문으로 또 한 사람이 걸어 나왔다.

광도였다.

지난 수십 년 간, 단 한 번도 아침 수련을 빼먹지 않은 그는 무루를 보며 물었다.

"무루, 웬 살수들인가?"

그의 말에 자객루주는 눈을 부릅떴다. 그저 슬쩍 보는 것만으로 자신의 정체를 파악했단 말인가?

무루가 어깨를 으쓱거리자 광도가 멋쩍다는 웃음을 흘렸다.

"하긴 내가 참견할 건 아니지, 그저 식객에 불과한 사람이.

허허허. 미안하네. 그럼 이따가 보세."

그리고 그는 장원의 벌판 서쪽에 있는 야산을 향해 돌았다.

파앗!

그가 사라졌다.

그 광경에 무루만 빼고 모두가 발을 멈췄다. 흑살이 궁금증을 참지 못하고 물었다.

"대, 대체 어디로 사라진 건가?"

무루가 서쪽의 삼백여 장 떨어진 산을 가리키며 말했다.

"방금 저 산 초입에 들어섰네. 아, 지금은 중턱을 지나고 있네."

흑살은 말문을 닫았다.

자객루주는 고개를 절레절레 젓다가 문득 생각난 것이 있어 뒤돌아보았다. 역시 그녀의 예상대로 일백 수하의 어깨가 좁아져 있었다. 그러나 그녀는 그들을 탓하지 못했다, 자신도 어깨가 좁아진 것을 느꼈기에.

무루가 확장된 정원의 정문인 외문을 열고 안으로 들어서자 아침 잠 없는 사굉파파와 종통선생이 나오다가 무루와 마주치고는 덜덜 떨며 말했다.

"초, 총호법 오는가?"

"아, 아침 댓바람부터 어디를 가, 갔다……."

무루가 대꾸했다.

"일이 있었습니다."

"그, 그런가?"

"그럼 일, 일 보시게."

한눈에 봐도 무루를 두려워하고 있는 것이 확연했다. 자객 루주는 그 광경에 속으로 안도의 한숨을 내쉬었다. 이제야 사람 같은 사람을 만나는 것 같아서 기쁘기까지 했다. 오영살도 처음으로 입가에 미소를 지었다.

"총호법. 그, 그럼. 우리는 갈게."

그러더니 사꿩파파가 옆으로 급히 움직인다는 것이 근처에 쌓아두었던 돌더미, 전각의 기둥으로 쓰려다 남은 것들과 부딪쳤다.

콰아앙.

단숨에 예닐곱 개의 돌기둥이 박살 나버렸다.

종통선생이 뭉개진 기둥 틈에 박힌 사꿩파파를 보며 혀를 차며 다가갔다. 그리고 거대한 기둥들을 툭툭 발로 쳐대자 그 돌들이 잘게 깨져 나갔다.

"아무리 총호법이 무서워도 그렇지. 아침부터 왜 돌 속으로 파고들어."

"그냥 걸리적거려서 치우려던 것뿐이야."

자신의 실수가 부끄러운지 사꿩파파가 주변의 기둥들을 손으로 쳐댔다. 그러자 마치 모래처럼 그 돌들이 부스스 흩어졌다.

무루는 마침내 원래 장원의 정문인, 이젠 내문이라 불리는 곳에 다다라서 뒤돌아섰다. 무루의 고개가 갸웃거렸다.

모두가 어깨를 잔뜩 웅크리고 있었다.

"여기부터는 진법이 설치되어 있으니 청동환이란 것이 있어야 들어갈 수 있소. 혹여 나중에 실수하지 않기 위해서 말해 두는 것이니 명심하시오. 일단은 기를 이용해 문을 열어놓을 터이니……."

무루가 말을 끊고 인상을 썼다.

"대체 왜들 그렇게 눈치를 살피는 것이오. 앞으로 일 년간 한솥밥을 먹을 사람들이니 경계할 필요없소."

자객루주가 억지로 어깨를 펴며, 역시 억지로 미소를 지었다.

그때 문이 쾅 열리더니 유라가 튀어나왔다.

"오라버니! 대체 밤에 어디를 몰래 갔다 온 거야?"

그녀의 모습에 자객루 사람들이 넋을 잃었다. 그런 자객루 살수를 보는 흑살과 유령귀가 그럴 줄 알았다는 얼굴로 고소를 삼켰다.

특히나 자객루주의 충격은 이루 말할 수 없이 컸다.

"이건… 이길 수가 없잖아."

청송장원.

이곳은 처음 들어오는 사람들에게 경악과 공포 그리고 포기를 생각하게 만드는 장소였다.

2

구위영은 책사와 함께 아침식사를 했다. 책사는 좀처럼 구위영과 떨어지려 하지 않았다.

그에게 구위영은 복덩어리였다.

노야의 직전제자인 창공과 거의 엇비슷하게 싸운 엄청난 존재. 이자가 자신의 편에 서니 그동안 꿈으로만 꿨던 계획을 착착 진행할 수 있었다.

그는 얼마 후 있을 오인 원탁회 모임에서 권력 지도를 확실히 바꾸려고 벼르고 있었다.

"책사."

"왜? 찬이 마음에 안 드는 건가?"

"그게 아니라 내가 전날 밤에 곰곰이 생각해 봤는데 말이외다."

구위영은 괜한 말을 꺼내는 것은 아닌가 고민하는 표정을 지으며 잠시 말을 멈췄다가 이었다.

"제가 쓸 만한 고수 한 명을 천거하는 것에 어떻게 생각하시오?"

책사의 눈이 빛났다.

"그것이 누구요?"

"그러니까 청송장원에서 길지는 않지만 나와 함께 있었던 인물이오. 원래는 흑룡문에 있었던 자요."

책사는 짐작가는 인물이 있었다.

"암독왕이나 마봉권을 말하는 것이오? 하긴 오백위 초인이라면 수하로 쓰기엔 그만이긴 하오. 어지간한 일이라면 믿고 맡길 수 있을 터이니."

"아! 알고 있었소? 내가 천거하는 자는 암독왕이오. 오백위 초인으로 무공수위도 높지만 그자의 효용가치는 누가 뭐라 해도 독이 아니겠소? 실은 내가 진에 주술을 더했잖소. 그곳에 독을 더하면 아주 굉장한 것이 탄생하지 않을까 고민하던 참에 이곳에 오게 된 것이 영 아깝다는 생각이 들어서 말이외다."

책사가 잠시 생각에 잠겼다가 고개를 끄덕였다. 암독왕은 무림의 삼대독왕 중 일인이었다. 독을 자유자재로 쓰는 사람은 적에게는 아주 껄끄럽지만 내 편에 있으면 매우 유용한 자가 될 수 있었다. 그리고 기천자가 더 강해질 수 있다는 점도 마음에 들었다.

"그는 믿을 만하오?"

"일단 돈을 무지하게 밝히는 성격인데……."

책사도 그건 이미 운풍각주를 통해 파악하고 있었다. 한무루라는 애송이의 은자를 뜯어내기 위해 수하까지 자처하고 있는 인물이 아닌가!

책사가 말을 받았다.

"그거야 별문제는 없소. 하지만 문제는 그자를 믿을 수 있냐는 점이요. 혹여 기껏 끌어들였는데 오인 원탁회나 마교에 들러붙기라도 하면 우리는 돌이킬 수 없는 낭패를 보게 될 테니까."

책사는 아쉽다는 어조로 말을 계속했다.

"오백위면서 동시에 삼대독왕이란 것이 매우 끌리긴 하지만 돈에 이리저리 붙는 인간이라면 나중에 어떻게 변할지 모르오. 속된 말로 오인 원탁회에서 그자에게 거금을 찔러준다고 가정해 보시오."

구위영 역시 아쉽다는 표정을 지었다.

"책사의 말이 맞소. 사실 나 역시 그 점이 걸렸소. 허허허. 이거 밥 먹다가 미안하게 됐소."

구위영은 서두르지 않았다. 책사란 사람들은 의심이 많은 자들. 그들을 구워삶기 위해서는 첫째도 인내요, 둘째도 인내였다.

그렇기에 그는 궁금한 것을 먼저 묻지 않고 말해주기를 기다렸고, 적당히 고민하는 표정을 지으면서도 신뢰를 깨지 않는 선에서 책사의 마음을 조금씩 훔치고 있었다.

아침상을 물리고 둘은 차를 즐겼다.

구위영은 차를 마시며 오인 원탁회와의 모임에 대해 의견을 나누다가 정녕 아쉽다는 표정으로 말했다.

"정말 우리 쪽은 그쪽에 비해 고수가 너무 적소. 이것이 참으로 아까운 점이외다."

"그야 어쩔 수 없는 것 아니겠소?"

책사는 자신이 잘못한 것도 아니지만 미안하다는 느낌을 지울 수 없었다. 기천자가 자신 쪽이 아니라 오인 원탁이나 마교 쪽에 붙었더라면 자질구레한 걱정을 하지 않아도 됐을 터인데.

그러다가 책사의 뇌리에 한 가지 생각이 뇌리를 스쳤다.

"아까 말한 암독왕 말이오."

구위영이 손사래를 쳤다.

"허허허. 아직도 그것을 기억하고 있소? 내가 실수했소이다. 책사의 말처럼 그자는 돈에 너무 휘둘리는 경향이 있소."

"아니 조금 긍정적으로 생각해 볼 필요도 있을 것 같소."

구위영이 의아한 얼굴로 물었다.

"그가 배신하지 않게 할 묘책이라도 있소?"

이렇게 떠밀면 책사는 없는 계책도 만들어내려고 애쓰는

법이다. 일종의 직업병이었다.

"음……. 일단 지금 그를 받아들이는 건 확실히 위험하오. 마교나 오인 원탁회에 붙을 수 있으니 말이오."

"동감이오."

"하지만 훗날 우리가 마교나 오인 원탁위에 있게 되면 그 자가 함부로 우리를 배신하지 못할 것 아니겠소?'

"아무래도 그렇겠지요? 그럼 나중에 암독왕을 영입하기로 하지요."

그러면서 구위영은 여유로운 표정으로 차를 마셨다. 그러나 그의 마음은 초조했다. 잠시 말없이 차를 마시던 책사가 말을 꺼냈다.

"음. 암독왕 그자를 나중에 영입하더라도 말이오."

구위영의 눈 깊은 곳에서 이채가 스쳤다. 드디어 걸려든 것이다.

책사가 말을 이었다.

"일단 지금부터 연을 맺어두는 것이 중요할 것 같소."

구위영은 이미 책사가 뱉을 말을 짐작하고 있었다. 지금 책사의 반응은 암독왕이 예측한 것과 정확히 일치했다.

머리를 쓰는 자들.

특히 뛰어난 두뇌의 소유자들이라면 여러 것을 점검하고 득실을 따지는 법이었다.

"나중에 해도 되는데 지금부터 연을 이어둔다는 것은 무슨 이유입니까?"

구위영은 영문을 모르겠다는 듯이 물었다.

"하하하. 그건 말이외다. 봄부터 거대한 풍파가 무림에 닥칠 텐데 행여 암독왕이 그 전화에 휩쓸려 죽을 수도 있다는 것이 첫 번째 이유요."

"아! 그럴 수도 있겠군요."

"그러니 만에 하나 그로 하여금 대비할 준비를 갖추게 하는 것이오. 이쪽에 아는 사람이 있다고 말이외다."

구위영이 손뼉을 쳤다.

"묘책입니다."

"둘째는 기천자 그대의 공부와 암독왕의 독을 합하는 작업은 적지 않은 시간이 소요될 터. 하루라도 빨리 인연을 이어두어 공부를 조금이라도 진척해 두는 것이 좋지 않겠소?"

"아! 나를 배려해 준 것이오? 이거 정말 고맙소."

구위영이 고개를 숙여 감사의 예를 취했다. 그러나 숙인 그의 입가엔 조소가 맺혔다.

"허허허. 당연한 것 아니겠소. 어차피 그대가 강해지는 것은 나에게 이득이니 말이오. 나는 그대가 하루라도 빨리 진법과 독을 결합해서 노야의 직전제자만큼 강해졌으면 좋겠소. 감히 우리를 어느 누구도 무시하지 않게. 어느 누구도 우리에게 기어오르지 않게 말이외다."

"반드시 그리될 것이외다."

책사가 흐뭇한 미소를 지으며 말했다.

"하하하. 기대가 큽니다. 나는 기천자 그대를 확실하게 밀어줄 것이오."

"나 역시 책사의 기대를 만족시켜 줄 것이오. 내 평생에 이렇게 기분 좋은 시간은 없었소. 천하를 쥐락펴락하는 책사가 나를 인정해 주니 이만한 행복이 어디에 있겠소? 허허허."

"그럼 차를 마시고 거처로 돌아가면 암독왕에게 전할 서신을 바로 쓰도록 하시오."

"예. 그렇게 하겠소."

화기애애한 담소가 끝나고 헤어졌다. 구위영이 내실에서 빠져나가고 잠시 후에 운풍각주가 안으로 들어섰다.

"책사. 아까 들렀다가 본의 아니게 대화를 엿듣게 되었습니다."

"그런가?"

"제가 기천자를 의심하는 것은 아니자만 벌써 외부와 연통을 하게 하는 것은 좀……."

운풍각주가 말끝을 흐렸다. 자신이 천거하고 이런 말을 하는 것이 영 모양새가 빠졌다.

책사가 혀를 차며 운풍각주를 꾸짖었다.

"답답한 사람이로고. 내가 누군가? 일을 허투루 할 사람인가?"

"그건 아니지만……."

"당연히 저자의 서신을 중간에 몰래 **빼내** 확인할 것이네."

"아! 역시."

운풍각주가 괜한 걱정을 했다는 듯이 머쓱해했다. 그 모습을 보며 책사가 다시 미소를 회복했다. 그리고 속으로 생각했다.

'나는 아무도 믿지 않는다네. 미안하지만 자네도 말일세. 후후후.'

책사는 몰랐다. 암독왕은 이미 책사가 서신을 확인할 것을 예측하고 구위영에게 대비책을 알려주었다는 것을.

똑같이 뛰어난 책사였다.

그러나 책사는 암독왕이 자신만큼 뛰어난 책사인지 몰랐다. 아니 그가 책사인지도 모르고 있었다.

그건 치명적인 차이를 놓을 수밖에 없었다.

第九章
강호의 전설이 될 것이다!

絶代高手
절대
고수

1

"문주!"

"……."

"문주! 지금 내 말을 제대로 듣고 있는 것이오?"

난데없는 호통에 학봉 이수린이 눈을 번쩍 떴다. 그녀는 당황하며 머리칼을 이마 위로 쓸어 넘겼다.

"죄, 죄송합니다."

그녀는 눈앞이 아찔했다. 긴 탁자의 좌우에 앉은 군웅들이 혀를 차며 자신을 보고 있었다.

태평자가 안쓰러운 표정으로 그녀를 보았다. 그는 속으로 문주가 한계에 다다랐다고 직감했다.

이수린은 정신을 수습하며 말했다.

"요즘 업무가 과하다보니 저도 모르게 깜빡 졸았던 것 같습니다. 다시 한 번 사과드립니다."

여기저기서 수군거리는 소리가 이수린의 귓가를 자극했다.

"역시 아직은 어린 아이일 뿐이야."

"하긴 중압감이 크기도 할 만하지."

"그래도 그렇지. 명숙들과 배분 높은 어르신들이 가득한 이곳에서 졸음이라니."

청절검이 몇 차례의 헛기침으로 소란을 잠재우고는 부드러운 어조로 이수린에게 말했다.

"문주. 방상곡 대협께서 사파의 발호에 고통 받고 있는 이들을 위해서 정예고수 일백 명의 별동대를 열 개 정도 조직하자는 제안을 하셨소."

방상곡은 이곳에서 육소와 함께 십대고수의 무신이었다. 이수린이 방상곡을 향해 다시 한 번 고개를 숙였다 올려 죄송함을 표하고는 심호흡을 해댔다.

"좋은 생각으로 생각됩니다. 저 역시 방 대협의 고견에 동의합니다. 그동안 본 문은 사태 추이 파악과 모여든 영웅호걸의 단합을 우선과제로 삼아왔습니다. 그러나 더 이상 사파의 오만함을 방치한다면 세상은 우리도 똑같은 놈들이라고 손가락질할 것이라 판단됩니다."

그녀가 똑 부러지게 생각을 말하자 방금 전 호통을 쳤던 방상곡이 흡족한 미소를 지었다.

그러자 방상곡과 함께 십대고수인 육 대협이 고개를 저으며 반박했다.

"사파보다 더 무서운 자들은 사악련이오. 우리가 사파와 싸우다가 사악련에 뒤통수를 맞는다면 어쩌려는 것이오?"

좌중의 의견이 설왕설래, 대충 절반으로 갈렸다.

잠시 몇몇 사람의 발언을 들은 이수린이 다시 입을 열었다.

"양쪽의 말씀이 참으로 다 옳다 여겨집니다. 하지만 우리 앞에는 두 가지 선택이 놓여 있습니다. 그 선택은 각각의 장점이 있고 단점이 있습니다. 결국 최선의 길은 어떤 쪽이 얻는 것이 조금 더 많고 잃는 것이 적느냐는 점이 아니겠습니까?"

모두가 수긍하는 듯이 고개를 끄덕였다. 이수린의 말이 이어졌다.

"이렇게 하는 것은 어떻겠습니까? 방 대협의 제안을 받아 열 개의 별동대를 만드는 겁니다. 그리고 그들을 운용하되 효율적으로 하는 겁니다."

육소가 흥미로운 표정으로 물었다.

"효율적이란 것을 더 구체적으로 말해보게."

"즉, 다섯 개의 별동대는 조금 멀리, 한 나흘 이내의 거리 정도 떨어져 있더라도 정말 위급한 동료 정파를 위해 파견하는 겁니다. 그리고 남은 다섯 개의 별동대는 본 문과 멀지 않은 즉, 위급한 일이 발생할 시에 이틀 이내에 회군할 수 있는 지역으로 보내는 겁니다."

육소가 고개를 저었다.

"이틀이면 천리 길도 넘게 갈 수 있지. 위급한 상황이 발생했을 때 돌아오는데 이틀이나 걸린다면 싸움이 다 끝나지 않겠는가? 소 잃고 외양간 고치기지."

이수린이 싱긋 웃으며 답했다.

"맞습니다. 하지만 위험 경보 체계. 즉, 본 문으로 오는 모든 길, 요지에 본 문의 사람들이 백성들과 섞여 있어서 낯선 사람이나 무리가 눈에 띄면 보고를 하는 것을 확장시키면 됩니다."

육소의 눈에 이채가 스쳤다.

"이틀 거리로 말인가?"

"그렇습니다. 이곳에는 많은 무사들로 넘칩니다. 그러나 최근 아무 충돌도 없이 가만히 있으니 오히려 더 답답할 것입니다. 그들에게 돌아가며 일을 주는 것도 나쁘지 않겠지요. 뭔가 하고 있다는 것은 새로운 활력을 제공하기도 하니까요."

"괜찮은 생각이군."

모두가 고개를 끄덕였다. 왜 지금껏 별것도 아닌 이런 생각을 하지 못했는지 스스로가 당황스러워하는 이들도 많았다.

그러나 사람들이란 원래 예전부터 정해져 내려오는 관례에 자신도 모르게 길들여져 살았다. 그것은 원래 그런 것이라고 생각하며 말이다.

그래서 무릇 거대한 발명이나 탁월한 사상, 이론들은 아주 작거나 일상적인 일을 비트는 것에서부터 시작한 것이 많았다.

이수린이 첨언했다.

"갑자기 이틀 거리로 늘리면 보고 과정에 착오가 발생할 수 있습니다. 그러니 처음에는 한 곳마다 파견하는 이들을 한 사람이 아닌 두 사람으로 하되 같이 활동하지 말고 따로 보고를 올리도록 하는 것이 좋을 것입니다. 만에 하나의 경우를 대비해서 말이지요."

방상곡과 육소.

두 무신의 입가에 미소가 맺혔다.

"좋군."

"동의하네."

지난 며칠간 가장 큰 난제였던 것이 마침내 극적으로 타결을 이뤘다. 이수린을 욕하던 사람들이 언제 그랬냐는 듯이 이번엔 칭찬으로 수군거렸다.

이수린은 씁쓸한 기색을 숨기고 말했다.

"모두 동의해 주시는 것 같으니 그럼 이번 마지막 안건은 이렇게 결정하도록 하겠습니다. 모두들 고생하셨습니다. 참, 별동대의 책임과 구성은 먼저 지원과 추천으로 받아 검토하고 내일까지 마무리하도록 하지요."

모두가 고개를 끄덕이며 자리에서 일어섰다. 그때 태평자가 입을 열었다.

"아직 안건이 하나 더 남아 있습니다."

그 말에 사람들이 다시 자리에 앉았다. 태평자는 의아해하는 이수린을 보며 미소를 짓고는 홀로 섰다.

"실은 이건 우리 모두의 일이기도 한 동시에 지극히 본 문, 봉황문의 일이기도 합니다."

방상곡이 진중한 어조로 말했다.

"여기 있는 우리 모두가 봉황문에 몸을 의탁하고 있으니 어찌 귀문만의 일이라 여기겠소? 허심탄회하게 말씀해 보시오."

육소도 맞장구를 쳤다.

"그렇소. 우리가 귀문을 위해 도울 일이 있다면 팔을 걷어 붙이고 도우리다."

태평자가 만면에 미소를 가득히 짓고는 말했다.

"사실 본 문은 악몽혈겁이 일어나기 전에 남궁세가와 약조를 한 것이 있습니다."

얼마 전까지 천하제일검가로 위명을 날리던 남궁세가였다. 그러나 일차 악몽혈겁 시 가주가 피습을 당해 깊은 부상에서 헤어 나오지 못하는 일을 당했다. 그리고 이차 악몽혈겁 때에는 사악련의 전면공격에 무너져 버린 비운의 검가였다.

한 사람이 알고 있다는 듯이 입을 열었다.

"흑룡문이 무너진 이후의 강서성, 복건의 패궁과 절강의 파도문이 진출했었죠. 이에 남궁세가와 봉황문이 손을 잡고 그들의 세력 확장을 막기 위해 강서성에 거점을 확보하려던 것을 말씀하시는 겁니까?"

"그렇습니다. 본 문은 안의 땅에 남궁세가는 응담(應潭)에 거점을 정했습니다."

안의라는 단어가 나오자 이수린이 눈을 동그랗게 뜨고 태평자를 보았다. 그녀의 죽어 있던 심장이 다시 뛰기 시작했다. 갑자기 눈물이 핑 돌려는 것을 그녀는 가까스로 참아냈다.

태평자의 말을 받았던 자가 다시 말했다.

"알고 있소, 그리고 그 응담 거점도 사악련에 의해 파괴되었다는 것도."

그랬다.

기실 봉황문의 안의와 남궁세가의 응담의 운명은 정반대로 갈렸다.

응담의 거점에 빠르게 많은 무사들을 파견했던 남궁세가는 결국 총타와 각개 격파된 셈이었다.

그러나 거점만 정했을 뿐 무사를 파견하지 않은 봉황문의 안의. 그 결과로 사악련은 안의 땅에 관심을 가질 이유가 없었다.

그리하여 그때 안의는 무사했다. 그리고 지금은 다른 이유로 강서성에서 가장 안전했다.

안의는 현 정파 무림에서 가장 강력한 세력을 이루고 있는 봉황문의 거점으로도 알려져서 패궁과 파도문이 건드리지 않고 있었던 것이다.

물론 이건 사람들이 일반적으로 알고 있는 사실이었다. 안의 땅에 있는 누군가를 알고 있다면 절대로 그렇게 생각하지 않을 진실.

태평자의 말이 이어졌다.

"맞습니다. 그런데 살아남은 남궁세가의 가솔들이 응담 근

처의 용호산(龍虎山)에 틀어박혀 항전을 계속하고 있다는 풍
문을 들었습니다."

"나도 들었소."

여기저기서 소문을 들은 사람들이 고개를 끄덕였다.

태평자는 주먹을 쥐었다.

"돌아가신 본 문의 문주님과 남궁세가의 가주님은 막역한
사이였습니다. 그리하여 강서성에 진출하는 것도 함께하기
로 한 거지요."

방상곡이 신음을 흘리며 물었다.

"지금 태평자의 말씀은…… 용호산에 별동대를 파견하겠
다는 말씀이십니까? 그곳은 너무 머오."

"본 문은 의리를 저버리지 않는 것을 가장 큰 덕목으로 삼
아왔습니다."

"하지만…… 응담에는 사악련의 거점이 있소. 별동대 서너
개 가지고는 어림도 없소."

"별동대는 필요없습니다. 본 문에서는 오직 한 명만 갈 것
입니다."

"……!"

"본 문의 문주님만 갈 것입니다."

회의실에 작은 소란이 일었다. 웅성거림이 커졌다. 육소가
어이없는 표정으로 말했다.

"미안하지만 당최 무슨 말을 하는 지 도통 못 알아듣겠소."

"우리 문주님께서는 안의 땅에 아주 절친한 사람들이 있습니다. 그들의 힘을 빌려 남궁세가를 구출하려고 합니다."

잠시 가라앉았던 웅성거림이 다시 일었다. 육소가 다시 입을 열었다.

"안의라면 멸문한 흑룡문이 있던 곳. 대체 그곳에 봉황문주를 도와 남궁세가를 구해줄 세력이 어디에 있다는 말이오?"

"세력이라고 하기엔 아주 작습니다. 하지만 여러분도 이름을 들어본 두 명의 걸출한 고수가 그곳에 살고 있습니다."

"그게 누굽니까?"

"야차왕과 월광선녀."

잠시 회의실이 조용해졌다.

야차왕과 월광선녀는 이곳에서 인기 최고를 달리는 영웅들이었다. 호광지부의 삼백 영웅이 날마다 그들에 대해 떠들어댔기 때문이었다.

특히나 월광선녀에 관한 궁금증은 사내라면 모두 다 궁금해했다. 저녁에 술자리가 벌어지면 온통 그녀의 이야기로 주변이 도배될 지경이었다.

대체 얼마나 예쁘고 아름답기에 삼백 영웅들이 이봉삼화를 가볍게 밑으로 내려세우는지 말이다.

육소가 혀를 차며 말했다.

"그들이 소문처럼 강하다면 약간의 가능성이 있을지도 모르지만 아무리 생각해도 힘들 것 같지 않소?"

"그래도 본 문은 의리를 지키기 위해 할 것입니다."

"그렇게까지 말한다면야 우리가 반대할 명분이 없지 말이오. 그런데 지금 이곳을 잘 이끌고 있는 봉황문주가 빠지면……."

"당분간 공동대표로 꾸렸으면 합니다. 어쨌든 이곳은 봉황문이니 제가 그 일을 맡고, 육 대협과 방 대협이 함께해서 삼인 체제로 말입니다."

육소와 방상곡이 멋쩍은 미소를 지었다. 그리고 십대고수 두 명이 거론되자 누구도 감히 토를 달 수 없는 분위기가 형성됐다.

그때 회의의 말석에 있던 누군가가 갑자기 손을 번쩍 들었다.

"무림 말학 매봉 유화영입니다. 한 말씀 올리겠습니다."

"……?"

"저는 봉황문주와 개인적으로 친한 사이입니다. 또한 야차왕과 월광선녀하고도 인연이 있지요. 그러니 저도 이번 봉황문주의 강서성행을 수행하게 해주십시오. 봉황문주를 홀로 보낼 수는 없습니다."

청절검이 엷은 미소로 지으며 말했다.

"매봉을 데리고 내가 봉황문주를 수행하겠소. 나 역시 남궁세가주와 인연이 막역하니……."

그렇게 총 다섯 명이 이수린의 수행에 지원했다. 그러나 그 이상은 없었다.

월광선녀가 궁금하기는 했다.

하지만 겨우 몇몇이서, 이미 몰살됐을지도 모르는 남궁세가를 구하기 위해서 사악련과 패궁, 파도문이 날뛰고 있는 강서 땅으로 깊이 들어가고 싶지 않았기 때문이었다.

회의가 끝나고 모두가 나갔다.

그곳에는 이수린과 태평자만 남았다.

이수린이 정중하게 허리를 숙이며 말했다.

"수석장로님, 고맙습니다."

"아니요. 그동안 고생했어요. 그리고 아주 잘 버텨냈어요."

"고맙습니다."

이수린의 눈에서 결국 눈물이 흘러내렸다.

태평자는 안쓰러운 미소로 말했다.

"당분간 안의 땅에 콕 박혀 있으십시오. 정말 남궁세가를 구한다는 명분으로 용호산에 간다면 저는 아마 기절초풍할 겁니다."

"하지만 수석장로님께서 그렇게 떠들어대셨는데 어떻게?"

"안의 땅에서 남궁세가에 대한 정보를 구했다고 둘러대면 됩니다."

"훗. 그건 그곳에 가서 결정하기로 할게요."

"예. 그리하세요. 다만 이것만은 잊지 마십시오. 문주님의 자리는 여기 봉황문입니다. 다시 돌아오셔야 합니다."

"예……."

왠지 말하는 그녀의 음성이 흔들렸다.

그때는 둘 다 꿈에도 알지 못했다.

용호산의 남궁세가에 관한 소문이 얼마 뒤 천하에 퍼져 나갈 것을 말이다. 그곳에 남궁세가뿐만 아니라 무림맹주가 함께 있다는 소문이 말이다.

2

일몰이 지는 시간.

청송단이 연무장에 도열했다.

일백 명이 오백위 초인지경으로 이뤄진 무력단체가 있다

면 사람들은 그 말을 믿을 수 있을까?

황금련의 특급무사들도 청송단을 보고는 기가 질렸다. 자객루의 일백 자객들은 구석에서 눈치만 살폈다.

무루가 그들 앞으로 섰다.

청송단주 이진표가 무루 앞에서 심호흡을 했다.

"주군."

"고생했다."

"예……."

"그대들은 참으로 강해졌다."

꿀꺽.

백여 명이 동시에 침 삼키는 소리가 들렸다.

"그대들은 가히 일당천의 전사들이다."

꿀꺽.

"이제 그대들은!"

모두의 눈동자가 무루에게 집중됐다.

그것을 바라보던 사람들은 숨을 들이켰다.

갑자기 무지막지한 기의 폭풍이 청송단 주변으로 일었다.

황금련의 무사들이 감히 그 기세에 저항하지 못하고 뒤로 잇따라 물러섰다. 자객루의 살수들은 눈을 부릅뜨고 진저리를 쳤다.

"앞으로!"

이진표가 참지 못하고 입을 열었다.

"주군!"

"……!"

"더하시라 하면 제 수하들 정말 죽습니다."

그 순간 일백의 청송단원들 고개가 누가 시키지도 않았는데 빠르게 끄덕거렸다.

이진표가 말을 이었다.

"하더라도 나중에, 조금만 나중에……."

"안 된다!"

"주구우운!"

이진표가 울상이 되어 무루를 불렀다.

"지옥수련진은!"

"주구우운!"

"이제 필요없다."

"……!"

청송단 전체가 눈을 부릅떴다.

그들의 얼굴에 폭발하는 희열.

"그대들은 이제 자유다. 놀고 싶으면 놀아라. 자고 싶으면 자라. 그대들은 그럴 자격이 있다. 이젠 수련보다 깨달음이 더 중요한 고수들이 바로 그대들이다."

"주군!"

"품삯은 지금 받고 있는 것의 열 배가 될 것이다."

"주군!"

"각자에게 개인 전각이 주어질 것이다."

"주군!"

"그대들은 향후 강호의 전설이 될 것이다."

"주군!"

"그대들은 그만한 대우를 받을 자격이 있다."

청송단원들이 격동에 차 몸을 떨었다.

이진표가 부복하며 외쳤다.

"주군을 위해 목숨을 바칠 것입니다."

청송단 전체가 부복했다.

"기꺼이 바칠 것입니다."

"필요없다! 나는 그대들의 목숨 따위는 필요없다. 살아서 나를 보며 웃는 미소가 더 좋다. 건네주는 술잔이 더 정겹다."

"······!"

"날 위해 싸우지 마라. 그대들을 위해 싸워라. 그대의 존엄을 위해서, 명예를 위해서 싸워라. 그리고 그대들의 가족들과 자식들이 살아갈 세상을 위해서 싸워라."

"······."

"앞으로 사흘간은!"

모두가 무루를 보며 숨을 들이켰다.

"축제를 연다!"

"와아아아아!"

모두가 함성을 질렀다. 전각들 뒤에서 많은 사람들이 술과 고기를 들고 나왔다. 주변 마을에 사는 주민들이었다. 학당을 다니는 꼬마들도 신이 나 뛰어나왔다.

"와아아아아!"

화톳불이 사방에 켜졌다. 곳곳에 상다리가 휘어지도록 차려졌다. 가족이 있는 청송단원들은 그들을 껴안고 춤을 췄다.

모두가 밝은 얼굴로 웃고 떠들었다.

유라가 연무장이 내려 보이는 이층의 대청에서 빽 소리를 질렀다.

"모두들!"

사람들의 시선이 그녀에게 집중됐다.

"수고했다. 아니. 흠흠. 수고했어요!"

"하하하하. 감사합니다. 우호법님!"

"청송화가 최고다!"

"하하하. 너 모르는 거야? 월광선녀라는 별호도 가지고 계시다고!"

유라가 그들을 향해 다시 외쳤다.

"여기 자리에 없지만 좌호법인 우리 구위영 사형께서 나한테 부탁한 것이 있어요."

모두가 궁금한 표정을 지었다.

"지옥수련진이 끝나는 날, 이곳에서 축제를 하는 날, 이 구슬을 쓰라고 부탁했거든요."

그녀가 큼지막한 청동구슬을 손에 들더니 씩 웃었다.

"이 구슬을 쓰면 장원 내부가 열두 시진 동안 변한다는데. 그게 뭔지 정말 궁금해 죽겠네요. 호호호. 한 달 전에 꼭 뭔지 구경하고 싶었는데, 글쎄, 매정한 우리 오라버니 때문에 이제야 보내요."

그녀가 씩 웃으며 구슬을 허공으로 던졌다.

쇄애애액!

그 청동환이 정문을 향해 날아가더니 기와지붕과 문 사이에 조그맣게 나있는 틈에 정확히 박혀들었다.

그러자 그곳에서 밝은 빛이 한차례 쏟아지더니 이내 주변 문 전체와 지붕으로, 그리고 담벼락과 연무장을 빛으로 감싸 안았다.

사람들이 놀라운 괴사에 눈을 부릅떴다.

그렇게 빛의 향연이 한바탕 지나간 후 사람들은 신음을 삼켜야 했다.

매섭게 불던 삭풍이 사라졌다.

헐벗은 나무에 푸른 잎이 무성했고, 꽁꽁 얼어붙은 화원에 싱그러운 꽃들이 피었다. 그 위를 나비가 날아다녔다.

유라가 박수를 치며 외쳤다.

"선물은 봄[春]이었네. 호호호. 아주 마음에 들어."

"와아아아아!"

다시 환호성이 터졌다.

그리고 구위영의 능력을 잘 알지 못하는 황금련 무사들과 자객루 살수는 놀라는 것도 지쳐 그저 멍한 표정을 지었다.

유라가 손을 뻗어 상 위에 있는 술병을 격공섭물을 이용해 빨아들였다. 허공을 둥둥 떠오는 술병을 잡아채지 여기저기서 경탄성과 헛바람이 연이어 터졌다.

그녀는 단숨에 술을 마시고는 외쳤다.

"인생 뭐 있어? 마시자고! 어이! 그쪽 살수 아저씨들! 뭐해? 황금련 특급무사님들! 멍하니 보고만 있으니까 빈 자리가 넘치잖아. 다 앉아. 앉으라고! 오늘 취하지 않은 사람은 나한테 죽을 줄 알아!"

축제 분위기에 취한 그들이 주춤거리며 발을 떼자 청송단원들이 환영의 함성을 질렀다.

"어서 오시오!"

"이리 앉으시오. 우리 주군을 도와주는 사람은 무조군 친구요!"

유라가 신이 나서 또 다른 술병을 마시고는 외쳤다.

"아아! 기분 좋다. 우리 오라버니한테 제법 그럴 듯한 조직이 생기니 아주 기분이 좋아. 청송단 여러분! 우리 오라버니 많이 도와주세요! 호호호."

청송단원 하나가 벌떡 일어나 가슴을 치며 외쳤다.

"염려 마십시오! 주군뿐만 아니라 우호법님도 지켜 드리겠습니다."

그 말에 폭소가 터졌다.

사람들 한 명 한 명에게 술잔을 따라주던 무루는 유라를 보며 웃었다.

평소라면 극성이겠지만 지금은 축제였다.

그런 무루의 눈에 소령과 진설이 들어왔다. 그저 가만히 앉은 채 멍한 얼굴로 상 위의 음식만 보고 있는 진설의 얼굴에 무루는 입술을 깨물었다.

무루가 진설에게 다가가 말했다.

"진 소저. 한 잔 받겠소?"

진설이 고개를 들어 무루를 보았다가 다시 밑으로 내렸다.

"부럽네요, 웃으며 술을 마실 수 있는 그 여유가. 빌릴 수 있는 거라면 정말 빌리고 싶을 정도로요."

그녀 좌측에 앉아 있는 소령이 그러지 말라고 속삭였지만 진설은 들은 채도 하지 않았다.

무루가 진설의 오른 쪽에 앉고는 잔 하나에 술을 채웠다. 그리고 단숨에 잔을 비우고 말했다.

"구위영이 지금 소저의 모습을 보면 가슴을 아파할 것이오."

"예. 살아 있다면 그렇겠죠. 살아 있다면 말이에요."

"……"

"죄송하지만 저는 그만 일어나 봐야겠어요. 다들 웃고 떠드는데 나 혼자 우거지상 하고 앉아 있어 봐야 흥만 깨질 테니까요."

"진 소저, 나 역시……."

"피곤하네요. 저 먼저 들어가 쉴게요."

진설이 일어나 걸어갔다. 그러나 무루는 그녀를 잡을 수가 없었다.

소령이 한숨을 쉬며 무루를 보았다.

"아저씨는 분위기 파악도 못하고 왜 이리 왔어요? 내가 간신히 끌고 나왔는데."

무루가 쓴 웃음을 지었다.

"그러게 말이다. 어줍지 않은 위로를 하려던 것이 오히려 독이 되었구나."

"맞아. 그냥 두지. 이 신기한 봄 날씨 만든 진(陳) 보면서 언니가 얼마나 좋아했는데. 막 울려고 그래서 내가 말렸어요,

잔칫날에 우는 거 아니라고."

"……."

"아저씨. 괜찮아요?"

"그래."

무루가 맥 빠진 얼굴로 답하자 소령이 옆으로 다가와 앉아
서 어깨를 두드렸다.

"사는 거 힘들죠?"

"……."

"원래 인생이 다 그런 거야."

"내가 너한테 위로를 받는 날이 오는구나."

"에이. 왜 저래? 나 처음 만났을 때도 위로받았다고 나중에
말해줬잖아요."

"그랬나?"

"뭐, 깊게 따지지 말고. 인생 너무 따지면 더 힘들다니까.
그냥 힘내요."

"……."

"언니도 아저씨 싫어하는 거 아니야. 그냥 자신의 마음이
불안해서 이랬다저랬다 그러는 거지. 이해해요? 네? 알았죠?
딸꾹."

무루는 한숨을 흘렸다.

"너 지금 술 마신 거냐?"

"헤에. 처음 마셨는데 이거 기분 좋네. 신기하게 아저씨가 잘 생겨 보여. 더 신기한 건 여기 있는 아저씨들이 다 잘 생겨 보여."

"……"

아직까지 소령은 무루의 어깨를 두드리고 있었다.

第十章
하얀 거짓말

絶代高手
절대
고수

1

청송장원에서 축제가 펼쳐지고 있는 새벽.

무루는 컴컴한 길을 홀로 이동하다가 멈췄다.

"토우!"

그는 얼어붙은 땅을 흔들어 깨워 한바탕 뒤집어 놓았다. 그리고 또 어딘가로 달려갔다. 그리고 그곳의 땅도 온통 뒤집어 버렸다.

그냥 뒤집는 것이 아니라 아예 흙의 성질까지 바꿔 버렸다. 그리고 또 다시 어둠 속을 질주했다.

그리고 며칠 뒤.

소령이 콧노래를 부르며 전장에서 진설, 두 태상장로와 돌아오다가 장원의 근처에서 금왕과 얘기를 나누고 있는 무루를 보았다. 무루는 황금련이 수집하고 있는 정보들에 대해 얘기를 듣는 중이었다.

이 정보들을 바탕으로 자신들의 움직임이 시작될 터였다.

소령이 무루에게 뛰어오며 불렀다.

"아저씨!"

무루가 웃으며 그녀를 반겼다.

"그래. 오늘은 우리 꼬마 아가씨가 기분이 좋은가보네."

"응. 우리 전장의 야심찬 계획이 성공할 것 같아."

"그게 뭔데?"

"흐흐흐. 내가 말해주고 싶지만 설이 언니가 직접 말하겠대."

"그래?"

"언니가 지금 기분이 좋은 거 같으니까 잘 화해해."

"그러마."

"너무 쓸데없는 말은 늘어놓지 마. 사람 가벼워 보이니까. 아저씨는 좀 과묵해야 멋있어 보여."

"그, 그러마."

"거 신기하단 말이지."

소령이 고개를 갸웃거리며 무루를 직시했다. 무루가 뭔 말이냐는 표정을 짓자 소령이 말했다.

"유라 언니가 아저씨 좋아하는 게 난 당최 이해가 안 된단 말이야. 유라 언니는 정말 예쁜데. 아저씨는 유라 언니한테도 잘해야 해. 그렇게 예쁜 언니가 아저씨를 좋아해 주잖아. 감지덕지한 줄 알아야지."

"유라가 그렇게 말하라고 시키든?"

"헉!"

소령이 놀랐다는 듯이 주춤 거리다가 고개를 저었다.

"아, 아냐. 그냥 내 생각이야."

"흐음. 그래. 그렇다고 하자."

옆에 있던 금왕이 폭소를 터뜨렸다. 그리고는 소령이를 보며 말했다.

"이 꼬맹아, 내가 보기엔 여기 있는 무루야말로 대단한 남자다. 그러니까 유라가 목메는 거지."

진설이 다가와 금왕에게 인사를 했다. 그리고 무루에게 말했다.

"사람들 도와주신 거. 고맙게 생각해요."

"……."

"황무지. 그 토우라는 무공을 이용하신 거죠?"

"그렇소."

"많은 농부들이 하늘이 도운 것이라고 좋아하고 있어요.

그분들이 그렇게 좋아하는 모습, 보셨어야 하는데."

"도움이 됐다니 다행이오."

"그리고 그때 며칠 전 일은 죄송해요. 제가 지나쳤어요."

"아니오. 소저의 마음 충분히 이해하오."

"그럼. 먼저 들어가 쉴게요."

무루가 고개를 끄덕이는데 멀리서 암독왕이 소리를 지르며 뛰어왔다.

"주군! 주군!"

무서운 경공술을 거의 극성으로 펼치며 달려오는 것이 무슨 큰일이라도 난 것만 같았다.

"진 소저도 계셨구려. 진 소저!"

진설이 아미를 찌푸렸다.

무루는 그런대로 볼 수 있었지만 정말이지 암 장로는 마주 대하기가 힘들었다.

암독왕이 외쳤다.

"좌호법의 서신입니다. 크하하하."

"하아!"

"하아!"

무루와 진설이 거의 동시에 큰 숨을 터뜨렸다. 무루와 진설이 눈이 마주쳤다. 그리고 미소를 지으며 고개를 끄덕였다.

어느새 암독왕이 서찰을 쥔 채 그 둘의 앞에서 거친 숨을 토해냈다.

그리고는 둘 앞에 종이를 내밀었다.

무루와 진설의 손이 동시에 앞으로 뻗었다. 그러다가 서로가 서로에게 양보했다.

"진 소저가 먼저 보시오."

"아니오. 어차피 공자께 온 내용일 텐데요."

암독왕이 오면서 씩 웃었다.

"같이 보시면 될 것 아닙니까?"

그 말에 무루와 진설이 고개를 끄덕이고는 같이 서찰을 펼쳤다.

글을 읽어나가는 둘의 얼굴이 처음부터 딱딱해졌다. 그리고 읽어나가는 내내 입맛을 다셔댔다.

둘이 암독왕을 쏘아보며 이해할 수 없다는 표정을 지었다. 서신의 내용은 모조리 암독왕에게 안부를 전하고, 그와 지내던 시절이 꽤 좋았다는 내용이었다.

무루를 향해 쓴 내용은 하나도 없었다. 그나마 진설은 구위영이 자신은 너무너무 잘 지낸다는 구절에 한 줄기 아쉬움을 씻어내야 했다.

무루가 물었다.

"대체 이게 뭐요?"

"암어(暗語:암호)입니다."

"암어라고?"

"예. 주군께서 봉황문에 가 계신동안 저는 밤마다 좌호법과 암어를 정하느라고 꽤나 고생했습니다. 예를 들어 매화는 동쪽, 난초는 서쪽, 국화는 북쪽, 대나무는 남쪽을 의미하는 거지요. 물은 정파, 불은 사파……."

무루는 방금 자신이 읽은 서신에 난초와 국화가 같이 언급된 것을 기억하고는 말했다.

"난과 국화라면 서북쪽을 의미하는 것이오?"

"맞습니다. 국화가 두 번 언급됐으니 서북북쪽이라고 할 수 있지요. 거리는 언급되지 않았지만 다음 번 내용에는 기대할 수도 있겠지요."

"암 장로께서 그럼 이 서찰에 있는 내용을 우리에게 해석해 주시오."

암독왕이 다시 서찰을 건네받으며 미소지었다.

"기꺼이 그리하지요. 일단 여기서 저를 가리키는 말은 주군을 뜻하는 겁니다."

"설명은 나중에. 내용부터 말해주시오."

진설도 거들었다.

"애간장이 탈 지경이니 제발 부탁드립니다."

둘의 간절함에 암독왕이 정색하고 서신을 읽었다.

"형님. 저는 잘 도착했습니다. 일단 이곳의 사람들은 나를 이제 완전히 같은 편이라고 믿고 있습니다. 첫 편지니 많은 내용을 못 담습니다. 그러나 종종 보내드리지요. 올 겨울은 사악련과 마교는 전혀 꼼짝도 하지 않을 겁니다. 사파들에게 서찰을 보내 움직이고 있습니다. 노야의 직전제자들은 딱 한 명만 보았습니다. 그들은 모두가 노야의 밀명을 받고 매우 분주하게 움직이고 있다고 들었습니다. 추측이지만 직전제자 중 상당수가 호혈약을 찾기 위해 나선 것 같습니다."

그 내용을 끝으로 암독왕이 눈을 서찰에서 뗐다. 무루가 아쉽다는 듯이 말했다.

"그게 다인가?"

"예."

"흠. 그래도 겨울 내내 그들이 움직이지 않을 거라는 건 귀한 정보군."

무루의 눈빛이 빛났다. 뒤에 있는 금왕도 고개를 주억거렸다.

"그럼. 그건 아주 엄청난 정보지. 사악련과 마교는 걱정할 필요가 없다는 이 사실을 정파에 알려주면 꽤 유용할 걸세."

암독왕이 고개를 갸웃거렸다.

"글쎄요. 그럴 수는 없을 것 같습니다만."

금왕이 펄쩍 뛰었다.

"허어. 그 무슨 말인가? 좌호법이라는 자가 어렵게 얻어낸 이리 귀한 정보를 그저 우리만 알고 넘어갈 생각이란 말인가?"

암독왕이 정색하고 말했다.

"말씀하신 대로 우리 좌호법이 목숨을 걸고 얻어낸 정보입니다. 만약 이 정보가 무분별하게 퍼지면 좌호법이 위험해질 수도 있습니다."

"하지만 정보가 너무 아깝지 않은가? 이 정보면 수백, 아니 수천의 목숨도 살릴 수 있을 것인데. 그럼 정파인들이 많이 살아남아 그 노야와 수하들과도 더 대적할 수 있을 터인데."

"수천이 아니라 수만의 목숨이라도 불가합니다."

그의 단호한 말에 진설이 물끄러미 암독왕을 바라보았다. 암독왕은 그녀가 보는 것도 모른 채 여전히 아깝다는 표정을 짓고 있는 금왕에게 말했다.

"애초에 좌호법이 목숨을 걸고 잠입하지 않았다면 아무도 몰랐을 정보입니다."

"그야 그렇지만……."

"만약 금왕께서 이 정보를 외부에 누설한다면 저는 맹세코 이 하늘을 함께 이고 살지 않을 것입니다."

금왕이 황당한 얼굴로 말을 받았다.

"자네의 오만함이 지나치지 않은가? 나는 금왕이야, 황금

런주 고원지. 금왕이라고. 내가 그런 정보 하나 밖으로 내보
낸다고……"

진설이 갑자기 빽 소리를 질렀다.

"누설만 해 봐! 내가 죽여 버릴 거야!"

"……!"

금왕이 화들짝 놀라 눈을 동그랗게 떴다. 진설이 주먹을 덜
덜 떨며 한 마디 한 마디 힘주어 외쳤다.

"그 남은 손목 하나도 잘라 버리고 몸뚱어리 다 잘라 버릴
거야."

진설이 시뻘겋게 변한 얼굴로 전신을 부르르 떨며 외쳤다.

언제 나타났는지 유라가 금왕의 뒤에서 입을 열었다.

"난 자르지 않고 뽑아내기만 할게. 머리카락, 손톱, 발톱,
눈, 이."

무루가 말을 받았다.

"내가 움직이지 못하게 꼭 잡고 있지."

무루까지 그렇게 나오자 금왕이 두 손을 번쩍 들었다.

"절대! 절대 그럴 일은 없을 거네, 암! 없지, 없고말고. 하하
하. 정말 없을 거네. 미쳤나 내가 그런 귀한 정보를 밖으로 유
출하게. 믿게, 믿어."

금왕은 진저리를 치며 뒤로 물러섰다.

"나, 나는 앞으로 그에게서 오는 서신을 함께 안 보는 것이

낫겠네. 나중에 괜한 오해라도 받을까 봐 겁날 지경이네."

그가 몸을 부르르 떨며 멀어지자 진설이 암독왕을 향해 말했다.

"저에게 한 말은 없나요?"

왠지 암독왕을 향한 그녀의 목소리가 매우 부드러워졌다. 서늘하던 표정도 풀려 있었다.

"물론 있소. 그런데 내가 읽어도 되는 건지."

"빨리 부탁드려요."

암독왕이 쑥스러운 표정을 지었다가 목소리를 가다듬고는 말했다.

"오늘도 설이 그대를 생각하며 잠이 드오. 그리고 꿈에선 늘 그대를 만난다오."

진설의 얼굴이 배시시 붉어졌다.

"계속하세요."

"설. 지금 내가 보고 있는 달을 그대도 보고 있을 것이라 생각하면 내 가슴은 한없이 뛰오. 달에게 입맞춤을 보내면 달이 그대에게 전해줄까?"

진설의 몸이 배배 꼬였다.

"계속요. 어서."

"흠흠. 나는 아침이 두렵소. 꿈에 있던 당신이 떠나가기 때문이오."

진설의 눈이 스르르 감겼다.

"계속. 빨리요."

"어디 아프지는 않소? 바람이 차니 당신 몸이 걱정이오."

"오오. 좋아요. 계속해요."

암독왕은 당황했다.

그게 끝이었다. 그런데 진설이 너무 격한 반응을 보이니 끝이라고 사실을 말하기가 미안해졌다.

그가 무릎를 가리켜 손을 저어 더 이상 없다는 것을 시늉을 했다. 무루 역시 당황하다가 양손을 올리며 더 하라고 신호했다.

그때 진설의 눈이 떠졌다.

"설마… 그것이 끝인가요? 그렇게 글들이 가득한 서신에."

원래 그럴 수밖에 없다.

많은 글들 중에서 실제 내용을 전하는 것은 십분의 일도 되지 않았으니까.

그러나 암독왕은 어깨를 으쓱하며 말했다.

"물론 더 있소."

진설의 얼굴이 다시 행복해졌다. 그녀의 눈이 스르르 감겼다.

"그렇죠? 계속해 주세요."

암독왕이 머리를 쥐어짜내기 시작했다.

"혹 나를 보낸 형님이나 암 장로를 타박하는 것 아니겠
지?"

진설의 어깨가 움찔 떨렸다.

암독왕은 에라 모르겠다라는 심정으로 말을 이었다.

"그 두 분이 없으면 나는 살아도 산 것이 아니니 그대가 잘
신경 써주기 바라오."

진설이 들릴 듯 말 듯하게 중얼거렸다.

"그럴게요."

"특히나 암 장로는 내가 죽으면 자신도 따라죽겠다고 했지
않소? 정말이지 멋진 분이라 생각이 드오."

"그런가요?"

"그렇다오."

암독왕은 실수로 진설의 질문에 대꾸한 것을 깨닫고는 기
겁했다. 그는 재빨리 말을 이었다.

"미안 실수요. 그렇다오가 아니라 그렇다고……."

"괜찮으니 계속하세요."

"그렇다고 나보다 암 장로 어르신을 더 좋아하면 아니 되
오."

"호호호. 별 걱정을 다하세요."

아무리 그녀가 행복하기 위한 것이라지만 암독왕은 한계
를 느꼈다.

"다시 보는 그날까지 항상 밝게 생활하기를. 그럼 이만 마치겠소. 사랑하오."

암독왕이 이마에 솟아난 땀을 훔치고는 말을 이었다.

"끝났습니다, 진 소저."

진설이 눈을 천천히 떴다. 마치 최면에서 풀려나는 사람 같았다.

그리고는 말했다.

"하늘은 왜 이리 푸를까요? 바람은 왜 이리 시원한 걸까요?"

"......"

"암 장로님, 고맙습니다. 해석해 주시느라 고생 많으셨어요."

그녀의 얼굴이 눈부시게 빛났다. 그녀는 우아하게 걸으며 장원으로 걸어갔다.

"호호호. 안녕하세요! 아! 안녕하세요?"

그녀는 만나는 사람마다 반갑게 인사를 했다.

그녀의 뒷모습을 보며 셋이 한숨을 쉬었다.

하얀 거짓말은 확실히 위력이 있긴 했다.

그래도 정도가 너무 심했다는 생각이 든 무루와 유라가 암독왕을 보며 혀를 찼다.

"무슨 거짓말을 그리하시오?"

"맞아. 무슨 자화자찬을 그렇게……."

암독왕이 어쩔 수 없다는 듯이 울상을 지었다.

"그러면 어떻게 합니까? 머릿속은 당황했고 그 상황에서 생각난 것은 그저 진 소저와 너무 불편하게 지내서 좀 잘 지내고 싶은 생각밖에 안 드는데."

이해가 가긴 하지만 너무 했다는 생각이 들었다. 무루가 말했다.

"어쨌든 다음에도 적절히 좋은 말을 첨언해 주시오. 너무 막나가지는 말고 말이오. 나중에 주워 담지 못할 수도 있을 테니까."

"못합니다. 정말 간 떨어지는 줄 알았습니다."

"그래도 어쩌겠소. 진 소저가 저렇게 행복해하는데."

"그야……."

할 말이 없었다.

무루의 말이 옳았다.

약간의 거짓말을 보태서 그녀가 행복할 수 있다면 그것도 나쁘진 않을지도.

장원 안으로 들어선 진설은 자신의 가슴에 가만히 손을 댔다.

쿵쾅거리는 심장.

그녀의 입가에 어린 미소가 예뻤다.

"훗. 호호호."

그녀는 아까 전 암독왕이 진땀을 흘리던 장면이 떠올라 웃음을 참기 힘들었다.

그녀가 바보도 아니고 뒷부분을 꾸며낸 것은 이미 도중에 간파했었다.

하지만 상관없었다.

앞부분만으로도 구위영의 마음이 충분히 전달됐으니까 말이다.

그리고 무루와 유라, 암독왕.

그들이 금왕을 향해 서슬 퍼런 분노를 쏟아낼 때, 눈물이 쏟아질 뻔한 것을 가까스로 참았다.

좋은 사람들이다.

그렇게 좋은 사람들이 내 주변에 있었다.

"구 소협. 행복하게, 웃으면서 기다릴게요. 나도 사랑해요."

하얀 거짓말의 위력이 아니었다.

진정한 힘은 사랑을 바탕으로 한 이해와 배려 그리고 믿음이었다.

2

천하 각지에 있는 황금련 산하 조직에서 올라온 정보들을 보며 점차 구체적인 계획이 잡혔다.

무루는 이른 아침부터 회의실에서 금왕과 광도, 암독왕과 마봉권, 유라와 자객루주와 함께 빠르게 지나가는 겨울 안에 자신들이 최대한의 성과를 거둘 수 있는 계획을 차곡차곡 세워갔다. 놈들이 아차하는 마음이 들었을 때 피해가 산적하게 말이다.

암독왕이 말했다.

"무림맹주는 반드시 살려야 합니다."

전날 밤에 림천(臨川)에 있는 황금련 소속, 림천 상회에서 올라온 보고에 실종된 무림맹주가 용호산에 갇혀 있는 남궁세가의 패잔병들과 함께 있다는 것이 적혀 있었다.

금왕이 고개를 끄덕였다.

"동감이야. 무림맹주가 부상을 심하게 입었다지만 그는 십대고수지. 무엇보다 무림맹주라는 상징성은 무시할 수가 없어."

암독왕이 말을 받았다.

"또한 몰락했어도 불과 얼마 전까지 천하제일검가로 이름을 날리던 남궁세가입니다. 그리고 그 가주 역시 십대고수. 다른 곳 수십여 곳을 돕는 것보다 그곳 하나를 구해내는 것이

실질적으로나 의미적으로나 효과가 큽니다."

무루가 탁자 위의 지도를 끌어와 세밀히 확인하고는 빙그레 웃었다.

"패궁과 파도문도 근처까지 올라와 있군."

자객루주가 지도의 두 지점을 찍으며 말했다.

"맞아요. 여기와 여기죠. 두 방파 다 아주 욕심이 과해요. 자신의 본거지에서 이렇게 멀리까지 진격하다니. 더 재미있는 건 그 두 방파는 사돈지간이라는 점이죠. 그런 이유로 아직 실제적인 충돌은 없었지만 그대로 놔두면 조만간 재미있는 일이 벌어질 걸요?"

그녀는 이마를 두르던 건을 이젠 하지 않았다. 목 중간까지 내려오는 짧은 머리칼이었지만 제법 맵시가 좋았다. 그리고 얼굴에는 분을 바르고 있었는데 중년 미부가 가지는 요염함을 제대로 살리고 있었다.

무루가 고개를 흔들며 대꾸했다.

"그 둘이 충돌할 때까지 기다리는 건 어리석은 짓이오."

자객루주가 절대적으로 동의한다는 미소를 지었다.

"동감이에요. 그 둘이 부딪친다는 것은 강서성의 정파가 씨가 말랐다는 의미일 테니까요. 호호호. 정파무림입장에서는 씨없는 강서 땅이 되는 거지요."

마붕권이 뒤통수를 문지르며 이해가 안 간다는 표정으로

말했다.

"복건의 패궁이야 사파니 그렇다고 치고 파도문은 정사 어느 쪽에서 속하지 않는 오로지 힘만 추구하는 패도(覇道)를 걷는 방파요. 그런 곳도 놈들의 지시를 따른다는 건지."

자객루주가 힐난하는 눈빛으로 답했다.

"그런 순진한 생각이에요. 패도란 곳이야말로 양쪽에 발을 들이민 양다리, 간에 붙었다 쓸개에 붙었다 하는 더 위험한 자들이죠. 난 그런 자들이 제일 싫어요. 차라리 대놓고 나쁜 짓을 하는 것이 낫지. 위선자나 위악자는 질색이거든요."

무루가 자객루주를 향해 말했다.

"그럼 자객루가 파도문을 맡겠소?"

"패궁보다 더 좋지요. 그 놈들은 정말 악질이거든요. 예전 흑룡문 같은 악질 방파는 없다고 사람들이 말했지만 전 다르게 생각해요. 그런 위선자들이 더 나쁜 놈이에요. 파도문주와 장로들을 제거하죠. 그들만 제거되면 파도문은 향후 몇십 년 쇠락의 길을 갈 거예요. 소문주가 좀 칠칠맞거든요."

그녀가 깔끔하게 대상을 추려냈다.

그때 밖에서 하인 하나가 달려와 무루를 불렀다.

"총호법님. 손님이 오셨습니다. 지금 혈광비 어른과 함께 담소를 주고받고 있는데 어떻게 할까요?"

무루가 손을 흔들자 허공을 격하고 기가 움직여 문을 열었다.

　"혹시 그 손님의 이름을 알 수 있습니까?"

　"그것까지는……. 그런데 혈광비 어른과 꽤 친분이 있는 것으로 보였습니다."

　회의 내내 입을 봉하고 있던 유라가 지겹다는 듯이 기지개를 키며 말했다.

　"살문 사람이겠지. 오라버니. 좀 쉬자. 아침 밥 먹고 벌써 시간이 얼마나 지난 거야? 혹 지금 저녁 때 아냐? 점심 식사 때 사람들이 우리 잊고 안 부른 거 아냐?"

　그녀의 엄살에 사람들이 폭소했다.

　하인도 윗몸을 드러내며 웃었다.

　"우호법 아가씨. 그렇지 않아도 이각 있으면 점심 식사 때입니다."

　"정말 점심 맞아요? 저녁 아닌 거 확실해요?"

　유라가 장난스럽게 눈을 흘기고는 자리에서 벌떡 일어섰다.

　"아아. 난 오후엔 빠질래. 그냥 나는 오라버니만 따라다니면 되는 거잖아. 그런데 왜 이런 모든 것을 다 읽고 들어야 하는 거야?"

　자객루주가 묘한 눈빛으로 말했다.

"상황이 어떻게 급변할지 모르잖아요. 홀로 무리와 떨어질 수도 있고. 그러니 미리 전체를 보고 돌아가는 사정을 숙지하고는……."

유라가 혀를 낼름 내밀었다.

"난 무리와 떨어질 수 있을지는 몰라도 오라버니와는 절대 안 떨어지니 걱정 말아요."

"아직 회의 안 끝났는데 혼자 일어나면 어떻게 하자는 거죠?"

"아아. 이 아줌마. 왜 이리 성질을 내. 아줌마, 혹시 그날이야?"

"무, 무슨. 어떻게 여인이 남정네들 앞에서 함부로 그런 말을……."

무루가 끼어들었다.

"어차피 식사 때도 됐고, 손님도 찾아왔다니 이쯤에서 오전 회의는 정리하기로 하지요."

방금 전까지 버럭 성을 내던 자객루주가 고개까지 살짝 비틀며 싱긋 웃었다.

"그럼 그럴까요?"

그녀가 일어나며 말을 이었다.

"오늘도 우리 모두 함께 식사하는 거죠?"

"오늘은 손님과 따로 해야 할 것 같소."

"아! 손님이 왔었지. 잘 생긴 우리 총호법님 얼굴 보다가 깜빡했네요. 그럼 우리도 그분들하고 같이 하죠. 어차피 통성명을 해두는 것이 낫지 않겠어요?"

무루가 잠깐 생각을 하다가 고개를 끄덕였다.

"그렇게 합시다."

그리고는 하인에게 말했다.

"혈광비에게 손님을 후원 쪽 별관으로 모셔달라고 해주시오. 그리고 소령이 어머님에겐 번거롭겠지만 식사를 그리 준비해 달라고도 말해주시고요."

"예. 총호법님."

하인이 부리나케 뛰었다. 자객루주가 가장 먼저 문가로 나가다가 고개를 돌려 무루를 보았다.

"난 총호법님의 그런 점이 좋더라고요."

"……?"

"사람 차별하지 않는 거. 아니 오히려 약하고 신분 낮은 사람들에게 더 친절하잖아요."

"그랬소? 딱히 의식한 적이 없는 것 같은데."

"바로 그 점이 더 좋은 거죠. 의식해서 배려하는 거, 아주 기분 나쁘거든요."

"……."

"그리고 형식 같은 것에도 구애받지 않고."

"글쎄."

"나하고 아주 비슷한 게 많아요."

"……."

"나도 그렇거든요. 혼인이니 뭐니 그런 거 질색이야. 그리고 그런 건 바라지도 않아요."

그러면서 무루만 볼 수 있게 한쪽 눈을 찡긋했다.

유라가 뒤에 있다 번개처럼 발로 자객루주의 둔부를 강타했다.

퍼억.

"이 아줌마. 뭔 개소리야? 지금 우리 오라버니 유혹하는 거야? 아니면 나하고 혼인하지 말라는 거야?"

앞으로 고꾸라질 뻔한 것을 빙글 돌며 자세를 잡은 자객루주가 유라를 향해 눈을 찡긋거렸다.

"내 가치관 중에서 비슷한 부분이 있다는 얘기를 뭘 또 그렇게 확대해석해?"

"응? 그런 거야? 뭐. 그럼 엉덩이 친 거 미안해. 아파?"

"호호호. 괜찮아. 내 둔부는 탄력이 아주 대단해서 아픈 거 잘 모르거든. 자, 같이 갈래?"

"뭐. 그러지."

"내 방에 잠시 들렀다 가자. 재미있는 책이 있거든."

"재미있는 책?"

"응. 너도 아주 많이 좋아할 책이야."

"책 싫은데."

"호호호. 날 믿어보라니까. 너무 좋아서 밤새 눈 시뻘겋게 될 때까지 볼걸?"

"헤에. 나는 단 한 번도 책 읽느라 밤샌 적 없어. 어떻게 그게 가능해?"

둘이 두런두런 수다를 떨며 나란히 회의실의 회랑을 빠져나갔다. 무루가 고개를 젓다가 안을 보자 사내들이 모두 씨익 웃고 있었다.

금왕이 혀를 차며 말했다.

"자객루주. 유라를 상대로 만만치 않은데. 자네 조심해야겠네. 혼인도 원하지 않는다니. 이 얼마나 아찔한 유혹인가? 후후후."

마붕권이 정색하고 말했다.

"난 무조건 유라 편입니다."

학봉에 혹했다가 아직까지 수난이 끝나지 않은 그는 진저리까지 쳤다. 그 말에 모두가 폭소를 터뜨렸다.

그들의 반응에 오로지 무루만 담담했다. 그는 고개를 들어 생각했다.

'여인이라⋯⋯.'

사랑이란 서로의 가슴이 뜨거운 동시에 아파야 하는 것이다. 그런데 아직 한 번도 어떤 여인을 보고 뜨거워지고 아픈 적이 없었다.

아니 예전 낭인 시절 욕정으로 뜨거워진 적은 있었다. 그러나 가슴이 아픈 적은 한 번도 없었다.

'나는… 사랑을 느끼지 않는 정말 목석인걸까?'

무루는 묘한 한숨을 흘리며 회랑으로 발을 내딛었다.

그 뒤를 사람들이 따랐다. 회랑이 끝나고 아담한 규모의 정원에 들어섰을 때 정원의 문에 몇몇 사람들이 들어섰다.

혈광비가 앞에서 무루를 보고는 외쳤다.

"총호법님. 봉황문주께서 오셨습니다. 후원 별관으로 가려 했는데 한시가 급하다 해서 제가 직접 모시고 왔습니다."

그의 말에 무루 뒤쪽의 사람들이 눈을 치켜떴다. 현 무림에서 봉황문의 존재는 대단했다.

암독왕이 근심스런 얼굴로 중얼거렸다.

"무슨 큰 사단이라도 벌어진 건가?"

모두가 우려와 불안이 교차하는 시선으로 이수린을 보았다.

혈광비 뒤에 있던 이수린이 모습을 드러냈다. 그러자 사람들의 눈이 커졌다.

아름다웠다.

검소한 옷을 즐겨 입는 그녀가, 분도 아주 엷게 바르던 그녀가 변해 있었다.

곱게 바른 분으로 피부가 또 뽀얗게 빛났다. 입술은 더 붉
고 눈가에 바른 분은 은은한 색정까지 입었다. 가운데 곱게
탄 가르마 흑단 머리칼이 태양빛을 반짝거리며 반사시켰다.

아름다우면서 농염했고 맑으면서도 색기가 있었다.

큰 사단을 걱정하던 사내들이 이수린의 파격적인 변신에
방금의 우려를 잠시 까맣게 잊을 정도였다.

무루는 고개를 갸웃거렸다.

이수린의 이런 변신은 무엇 때문일까? 봉황문의 수장 자리
가 그토록 압박감이 심했던 것일까? 일탈을 하고 싶을 정도
로?

이수린이 몇 걸음 뛰듯이 다가오다가 멈췄다. 그리고 천천
히 걸었다.

"한 공자님."

그녀의 떨리는 음성에 물기가 묻었다.

"이 소저, 아니, 문주. 무슨 일이오?"

이수린의 큰 눈에 습막이 가득 찼다. 그러자 그녀는 세상에
서 가장 가련한 여인으로 사람들에게 비췄다. 절로 보호본능
이 일어나 꼭 껴안아주고 싶은 충동이 들 정도였다.

"공자님. 이젠 속이지 않겠어요."

무루가 대꾸했다.

"뭘 속였소?"

"아니. 그게 아니라 제 마음을요."

"......?"

이제 둘 사이의 거리는 겨우 세 보.

이수린은 그 거리를 한 걸음에 도약했다.

파라라라.

이수린이 무루의 가슴에 파고들었다.

얼떨결에 무루가 그녀를 품에 안았다.

사람들이 모두 놀라 입을 쩍 벌렸다. 함께 온 매봉 유화영이 비명을 질렀다.

"안 돼애!"

그러나 그녀의 절규는 지금 본의든 타의든 서로를 안은 두 남녀에게는 전해지지 않았다. 그리고 다행히 청절검이 손으로 그녀의 입을 막았다.

두근두근.

이수린의 심장이 격하게 뛰었다. 그녀의 붉은 입술이 열렸다.

"사모해요."

"......"

"사모해요. 사모해요."

"......"

"한 공자님을 진심으로 사모해요."

무루의 눈가가 꿈틀거렸다.

가슴이… 아팠다.

심장이 있는 그 가슴이 뭐에 찔린 것처럼 아팠다.

이수린이 고개를 들었다.

무루가 고개를 내렸다.

내려다보는 무루, 올려다보는 수린.

무루는 보았다.

그녀의 상의에 걸친 철장신구가 자신의 가슴을 찌르고 있는 것을.

아팠다.

第十一章
돌아온 전설, 신화의 서막

절대고수 絶代高手

1

이마를 두른 푸른 영웅건.

묵빛이 감도는 얇디얇은 가죽 갑주를 입은 사내들 백여 명, 청송단.

그들 모두가 윤기가 자르르 흐르는 말을 타고는 위풍당당하게 서 있었다.

청송단주 이진표.

그는 가슴 벅찬 얼굴로 연방 심호흡을 해댔다.

청송단으로서의 첫 출진이 다가오자 감개가 무량한 듯이 종종 하늘을 우러러 보았다.

그 뒤로 대부분이 텅 비어 있는 사륜마차 삼십여 대에 마차를 잘 모는 청송표국의 표사들이 마부석에 자리했다. 그리고 그 표사들 옆에는 황금련의 특급무사들 서른 명이 나란히 앉았다.

몇몇 마차에는 학봉 이수린과 매봉 유화영, 청절검. 사굉파파와 종통선생이 타고 있었다.

마차부대의 지휘는 청송표국의 총표두, 마붕권.

이 모든 대오 최선두에 흑마를 탄 무루가 있었고, 좌우로 유라와 진, 묘가 있었다.

배웅을 나온 금왕과 광도 그리고 암독왕이 무루를 보며 씩 웃었다.

무루가 그들을 흘낏 보고는 암독왕에게 말했다.

"오십일 뒤에 봅시다. 이랴."

히이이힝.

말이 한바탕 투레질을 하고는 발을 내딛었다.

따각따각.

유라와 진, 묘가 그 뒤를 따랐다.

청송단이 이어졌고 마차부대가 따랐다. 신화의 서막은 그렇게 조용히 시작됐다.

＊　　　＊　　　＊

악씨세가(岳氏世家).

사천 지역 다섯 개 정파쪽 대방파 중의 하나.

그곳엔 지금 전운이 감돌고 있었다.

역시 사천지역의 사파 쪽 대방파인 옥철궁이 쳐들어온 것이다.

고수들의 수준과 인원 그리고 전체 규모가 비슷한 방파인지라 충돌하면 십중팔구 양패구상이었다.

그런데도 불구하고 옥철궁은 전 수하들을 이끌고 왔다. 악씨세가의 현판 앞에 모인 정파인들은 한숨을 흘렸다.

칠십여 장 거리에서 진을 치고 있는 옥철궁 놈들은 끝끝내 자신들의 설명을 듣지 않았다.

악씨세가의 가주, 악비평.

오백위 초인인 그가 참담한 표정으로 고개를 저었다.

"저놈들이 미치지 않고서야 어찌 이런 공멸의 길을 선택한단 말인가?"

집사가 한숨으로 말을 받았다.

"세상이 미쳐 돌아가고 있습니다. 하아아. 설사 승리한다 해도 상처뿐인 영광. 아니 죽음 직전에 맞는 미소 한 번뿐일 겁니다.

거의 일천 대 일천의 싸움이었다.

악비평은 아직 싸우지도 않았는데 기진맥진했다. 옥철궁 놈들에게 호통도 치고 애원도 했다. 그러나 저들은 묵묵부답이었다.

악씨세가의 태상장로, 악원술이 말했다

"가주, 뭔가가 있소. 승리만 하면 지금 가지고 있는 것보다 더 많은 것을 얻어낼 수 있다는 보장을 누가 해주었거나 아니면 싸우지 않으면 몰살시킨다는 협박을 받았거나. 그렇지 않고서는 이 싸움을 할 이유가 없소이다."

가주 악비평이 태상장로를 보며 말했다.

"태상장로님의 말씀이 옳은 것 같습니다. 그러니 갑자기 사천 지역 사파들이 모조리 들고 있어난 거겠지요. 대체 누굴까요?"

"마교나 사악련. 아니면 또 다른 나쁜 놈이겠지요. 하지만 이제와 그것이 무슨 상관이겠소? 어차피 본가는 오늘 이후로……."

태상장로가 말을 끊고 가주를 보았다.

"소가주는 잘 대피시킨 것이오?"

"예. 가문이 끊어지는 일은 없도록 단단히 준비시켜 두었습니다."

옥철궁도들이 마침내 앞으로 발을 내딛었다.

뽀드득, 뽀드득.

눈 밝는 소리가 악비세가 무사들에겐 섬뜩하게 들렸다.

저들이 다가오는 속도가 점점 빨라졌다.

악비평이 입술을 질끈 깨물고는 외쳤다.

"본가는 반드시 이길 것이다."

"와아아아!"

수하들이 함성을 질렀다. 그러나 그 음성에 활기가 없음을 모두가 인식했다.

"나아가자."

악씨세가도 병장기를 힘껏 움켜쥔 채 앞으로 마중을 나갔다.

두 세력 사이의 거리가 급격하게 가까워졌다.

사십여 장. 삼십여 장, 이십여 장.

그때였다.

한줄기 강기가 둘 사이의 공간을 벼락처럼 가른 것은.

쿠우우우웅.

뜨거운 강기에 의해 적지 않게 쌓인 눈이 길게 일직선을 그리며 녹아내렸다.

모두가 급히 몸을 세웠다. 그러나 갑자기 멈추는 것이 쉽지 않았는지 무수히 많은 사람들이 고꾸라지며 동료를 밟고 밟혔다.

"으아아아."

"뭐, 뭐야?"

실로 충돌도 하지 않았는데 양쪽에서 서른 명 가까운 부상자가 발생해 버렸다.

악씨세가주도 황당했지만 옥철궁주도 어이없기는 마찬가지였다.

그 둘 사이로 사륜마차가 들어섰다.

모두의 시선이 그 마차에 집중됐다.

소만 한 덩치의 사내가 마차를 몰았고, 그 마차의 지붕 위에 적검왕이 서 있었다.

자연스럽게 지붕 위의 적검왕에게 집중됐다.

그의 한 번의 검초로, 여기 있는 그 누구보다 더 고수임은 이미 증명되었다. 이제 문제는 저자가 어느 쪽이냐는 것이었다.

축은 정확히 둘의 중간지점에 마차를 세웠다.

적검왕은 악씨세가 쪽을 보고는 천천히 인영들을 훑었다. 그리고 그의 눈이 한 인물에게서 멈췄다.

태상가주 악원술.

적검왕의 입가에 미소가 맺혔다.

"오랜만이군."

악원술이 깜짝 놀라며 고개를 갸웃거렸다. 그러고 보니 왠지 낯이 익었다. 그런데 누구인지는 기억나지 않았다.

어쨌든 이것으로서 그가 누구 쪽인지는 명명백백해졌다.

옥철궁주가 빽 소리를 질렀다.

"저 마차의 놈부터 죽여라."

"존명!"

악씨세가주도 급히 명을 내렸다.

"저분을 도와 싸우라."

"와아아아아아!"

악씨세가주는 너무 놀라 중심을 잃을 뻔했다. 갑자기 수하들의 고함과 기세가 어마어마해진 탓이었다.

서로가 다시 앞으로 달리려는 순간, 마차 위의 적검왕이 들고 있던 검을 던졌다.

쇄애애액!

파앗!

모두가 멈춰서 이 놀라운 광경에 아연해졌다.

옥철궁주의 목이 베어진 것이다. 그의 목이 힘없이 떨어져 눈밭을 굴렀다. 뒤이어 그의 동체도 무너져 내렸다.

휘이이잉.

검이 허공을 날아 적검왕의 손으로 다시 돌아왔다.

그의 이기어검술에 일시 정적이 일었다.

자신들이 듣기로는 십대고수인 무신들도 이기어검술을 저렇게 빠르고 우아하게 그리고 자연스럽게 구사할 수는 없는 것으로 알고 있었다.

태상장로 악원술의 몸이 덜덜 떨렸다.

그는 보았다.

이기어검술을 펼치는 그의 검신이 붉은 빛을 내는 것을. 그리고 그것은 사십오 년 전의 기억을 머릿속에서 끄집어냈다.

"저저저, 저어어어."

악원술이 소리를 내려고 안간힘을 썼다.

그렇게 그의 출현은 충격적이었다. 이번엔 사람들의 시선이 그에게 쏠렸다. 그리고 마침내 그의 입에서 이름이 튀어나왔다.

실종된 지 사십오 년이 됐는데도 현 천하제일인자의 자리에 이름을 올리고 있는 사내.

정파든 사파든 그의 이름 앞에 서면 한없는 존경과 두려움을 느끼게 하는 무인.

그랬다. 그는 그런 자였다.

무림사에 기록된 모든 기록을 갈아치웠던 사람이었다.

"적검왕님이이임."

그의 이름을 부른 악원술이 굵은 눈물을 흘렸다. 거의 삼십여 년 만에 흘린 눈물이었다.

어처구니가 없는 일이지만 사람들은 이기어검술로 오백위

초인인 옥철궁주가 죽었을 때보다 더 놀랐다.

악씨세가든 옥철궁이든 순간 머리가 띵했다.

적검왕이 말했다.

"사십오 년 만에……."

나직하게 말했다.

그러나 그의 음성은 허공을 지나 모두에게 똑똑히 들렸다.

"나 적검왕… 돌아왔다."

사람들은 심장이 쿵 떨어지는 것을 느꼈다. 악씨세가의 삼할 가까이가 그 순간의 흥분과 감동, 환희를 감당하지 못하고 주저앉았다.

옥철파의 구할 가까이가 다리가 풀려 주저앉았다.

"와아아아아!"

악씨세가의 사람들이 함성을 질렀다.

아니!

그건 비명이었다.

"으아아아아아!"

무림의 전설, 그가 세상으로 돌아왔다.

2

겨울은 늘 그렇지만 가진 것이 없는 사람, 아픈 사람, 약한 사람들에게 너무 가혹한 계절이다.

그건 십대고수로 위명을 날리던 무림맹주나 남궁세가주도 매한가지였다.

제대로 된 치료도 받지 못한 채 한 달여를 차가운 숲속에서 웅크리고 있어야했다.

특히나 겨울의 밤.

그곳도 험준한 산.

또한 숨은 곳을 들킬까 봐 불조차 피울 수 없는 환경은 아무리 뛰어난 정신력과 의지의 소유자라도 서서히 붕괴시켰다.

적을 피해 용봉산으로 들어갔던 남궁세가의 일백여 명과 무림맹의 십여 명은 이제 한계에 다다랐음을 알았다.

백열 명 중에서 중상자가 열다섯 명.

중상은 아니나 거동이 불편한 부상자가 스무 명.

경미한 부상자가 마흔 명.

멀쩡한 자가 훨씬 더 적었다.

천하의 사악련 거점이 일체의 활동을 중지하고 있었지만 단 한 곳은 예외였다.

바로 웅담이었다.

웅담에 자리한 사악련은 하루씩 교대로 용봉산을 둘러싼

채 헤집고 다녔다.

"맹주님, 가주님."

남궁세가의 내당주가 바위 밑에 나란히 누워 있는 둘을 조심스럽게 불렀다.

새파란 입술의 둘이 내당주를 바라보았다.

내당주는 아픔을 삼키며 말했다.

"산을 내려가기로 결정했습니다. 적어도 이 겨울에 우리를 구하러 정파에서 지원이 올 가능성은 없다고 결론을 내렸습니다."

맹주가 입을 열었다.

"그런가?"

"이대로는 채 사흘을 넘기지 못하고 돌아가십니다. 아니 오늘 밤도 넘기지 못할 수도 있습니다. 목숨을 바쳐 두 분을 안전한 곳까지 모실 것입니다. 남은 이들이 모두 죽어서라도 두 분을……."

내당주가 울음에 받쳐 말을 잇지 못했다.

맹주가 고개를 저었다.

"우린 두고 가라. 우리 때문에 더 이상 죽는 사람을 보고 싶지 않구나."

남궁세가주도 입을 열었다.

"틀렸다. 우린 이제 틀렸어."

내당주가 울음을 꾹꾹 삼키고는 힘겹게 말했다.

"인적이 드문 길을 찾아냈습니다. 험하긴 하지만 그곳으로 가면 실낱같은 희망이 있습니다. 제발 포기하지 마십시오. 살아서 저 무뢰한들을 처단해 주셔야 합니다."

"쓸데없는 짓이다."

"반드시! 두 분을 살릴 것입니다."

내당주가 일어서 뒤에 대기하고 있는 둘에게 고개를 끄덕였다. 그러자 그 둘이 맹주와 가주를 업었다. 그것을 시작으로 주변에 있던 이들이 이인일조가 되어 일어섰다. 한 사람이 한 사람을 부축한 것이었다.

하산이 시작됐다.

"워어어."

무루가 말을 멈춰 세우고는 조금씩 가까워지는 용봉산을 가만히 보았다. 그는 반의 반각 정도 떨어져 있는 산을 유심히 훑다가 손가락으로 한 방향을 가리켰다.

"저쪽으로 간다."

다시 이동이 시작됐다.

해가 천공의 서쪽으로 빠르게 달리는 오후였다.

내당주는 기진맥진한 얼굴로 거친 숨을 몰아쉬었다. 마침내 용봉산 아래로 내려왔다. 이건 정말이지 기적이라고밖에 할 수 없었다.

한 명의 낙오도 발생하지 않았을 뿐더러 적들의 수색대에게 발각되지 않은 것이다.

"하늘이 아직 우리를 버리시지 않으셨구나."

하지만 아직 방심은 금물이었다.

지난 한달 동안 상황이 어떻게 변했는지 알 수가 없었다.

그들이 지친 몸을 이끌고, 부상당한 동료를 부축하며 일각 정도를 걸었다. 그러다 선두의 내당주는 뭔가가 이상하다는 것을 느꼈다.

내력은 이미 바닥난 지 오래였다. 그러나 본능적인 무인의 느낌이 심상치 않음을 알려왔다.

"잠깐 멈춰라."

모두가 어리둥절하며 내당주를 보았다. 조금이라도 빨리 인가가 있는 곳으로 가고 싶은 그들이었다.

따뜻한 국물을 마셔봤으면 지금 죽어도 원이 없을 것 같았다.

내당주는 주변을 꼼꼼히 살폈다.

내력이 없는 지라 범인에 불과했지만 그래도 이상한 낌새가 없는지 살피고 살폈다.

전면에 펼쳐진 황량한 겨울 평야. 작은 야산.

그리고 좌우의 양 쪽에 있는 그리 높지 않은 벌거숭이 언덕들.

내당주는 특히나 신경이 쓰이는 좌우의 언덕들을 계속 살피다가 신음을 흘렸다. 몰래 고개를 든 몇몇 사내와 눈이 딱 마주친 것이다.

눈이 마주친 사내가 아쉬운 표정을 지으며 일어섰다. 그러자 좌우의 언덕으로 무수한 인원들이 모습을 드러냈다.

"낄낄낄. 아. 재미있었는데 말이지."

"하필 그때 눈이 딱 마주칠게 뭐람. 키키킥."

한눈에 봐도 좌우측 언덕을 합해 오백은 되어 보이는 인원이었다.

내당주는 그제야 자신이 온 그 험난한 길이 이들이 일부러 방치한 길임을 깨달았다.

눈물이 주르륵 흘렀다.

좌우 언덕에서 사람들이 어슬렁거리며 내려왔다. 내당주는 중간에 있는 가주와 맹주에게 가 허리를 숙였다.

"죄송합니다. 제가 우매하여 적에 함정에 빠졌고, 농락까지 당했습니다."

맹주와 가주가 고개를 저었다.

"그대의 잘못이 아니다. 그동안 고생했다."

"고마웠다."

그때 정면에 위치한 야산 뒤에서 말발굽 소리가 들렸다.

두두두두.

아득했던 말발굽 소리가 순식간에 지축을 울리며 허공을 가득 메웠다.

좌우에서 언덕을 내려오는 사악련도들이 고개를 갸웃거리며 서로에게 말했다.

"뭐지?"

서로 마주보았으나 아는 이 있을 리가 만무했다.

그리고 마침내 야산을 돌아 나오는 인마가 등장했다.

두두두두.

모두가 어리둥절한 얼굴로 무시무시한 속도로 다가오는 자들을 보았다.

사악련도들도 그제야 뭔가 이상하다는 것을 파악하고는 경계 태세에 돌입했다.

그리고 수십의 사내들이 맹주와 가주의 목을 취하기 위해 뛰었다.

선두에서 달리던 무루가 그것을 보고는 말 위에서 몸을 박찼다.

차앗.

그의 신형이 허공으로 솟구쳤다. 그런가 싶더니 내당주의 앞에 모습을 드러냈다.

모두가 경악했다.

거의 칠십여 장을 순간이동해 버린 것이다.

보고도 믿기 어려운 광경에 가주와 맹주의 목숨을 노리고 달려오던 이들이 질겁해 뒷걸음질쳤다.

두두두두.

청송단이 달려왔다.

그들을 향해 무루가 말했다.

"밟아라."

"존명!"

하늘이 떨었다. 땅이 흔들렸다.

일백의 오백위 초인이 내뿜는 기가 주변의 공간을 가득 채웠다.

사악련도들은 청송단이 지척까지 다가오는데 꼼짝도 하지 못했다.

이진표가 외쳤다.

"전원 발검!"

차아아앙!

일백 청송단이 동시에 검을 뽑았다.

그리고 일백 개의 검에 맺히는 검강!

그건 장관이었다.

사람들이 입을 쩍 벌리고 눈만 껌벅였다.

청송단이 좌우로 갈라지며 좌우의 언덕으로 질주했다.

이진표가 소리쳤다.

"철저하게 밟아준다."

『절대고수』제7권에 계속…

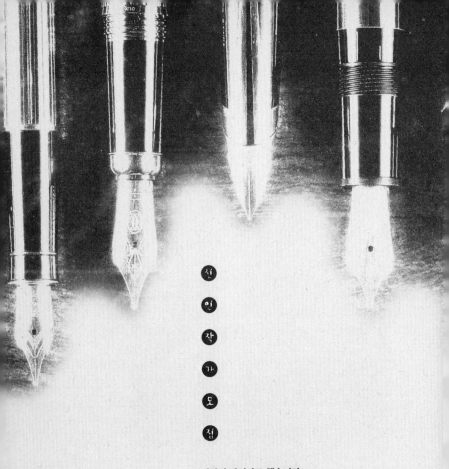

신
인
작
가
모
집

시작이 반이라고 했습니다.
작가의 길에 대한 보이지 않는 벽을 과감히 깨뜨리십시오!
청어람은 작가 지망생 여러분들의
멋진 방향타가 되어드리겠습니다.

저희 도서출판 청어람에서는
소설 신인 작가분들을 모집합니다.
판타지와 무협을 사랑하시는 분들의 많은 참여를 바랍니다.
소정의 원고(A4용지 150매)를 메일이나 우편으로 보내주시면
검토 후 출판 여부를 알려드리겠습니다.

주소:경기도 부천시 원미구 심곡2동 163-2 서경B/D 2F 우편번호 420-822
TEL:032-656-4452 · **FAX** 032-656-4453
http://**www.chungeoram.com**
e-mail:chungeoram@chungeoram.com

촌부 新무협 판타지 소설
FANTASTIC ORIENTAL HEROES

천애
협로

『우화등선』, 『화공도담』의 뒤를 잇는
작가 촌부의 또 하나의 도가 무협!

무림맹주(武林盟主), 아미파(峨嵋派) 장문인(掌門人),
군문제일검(軍門第一劍), 남궁세가(南宮勢家)의 안주인.

그들을 키워낸 어머니-
진무신모(眞武神母) 유월향(柳月香)!

어느 날, 그녀가 실종되는데…….

"하, 할머니는 누구세요?"

무한삼진의 고아, 소량(少兩)에게 찾아온 기이한 인연.

세상과 함께 호흡을 나눌 수 있다면[天地同息]
천하의 이치를 모두 얻으리래[天下之理得]!

이제, 천하제일인과 그녀가 길러낸
마지막 자손의 이야기가 펼쳐진다!

Book Publishing CHUNGEORAM

유료아닌 자유추구
WWW.chungeoram.com

SWORD SLAYER

소드 슬레이어

류연 판타지 장편 소설

FANTASY FRONTIER SPIRIT

그날로 돌아간 그 순간부터 입버릇처럼 붙은 한마디.
"생각해라, 아서 란펠지."

귀족 반란에 휘말린 채 죽어야 했던 기사, 아서 란펠지.
600년 전 마룡 카브라로 인해 봉인당한 세 용사의 영혼.
버려진 이름없는 신전에서 그들이 만났을 때
운명은 또 다른 전설의 서막을 알렸다!

소드 슬레이어

힘없이 죽어간 모든 인연들을 위하여
무력하고 허망했던 어제를 딛고
멈추지 않는 오늘을 달려 내일을 잡아라!

위선에 가득찬 검들을 향해
여섯 번째 마나 소드, 에스카룬의 검이 질주한다!

Book Publishing CHUNGEORAM

2011년 대미를 장식할
준.비.된. 작가 정민교의 신무협이 온다!
『낭인무사(浪人武士)』

"죄수 번호 사천이백삼, 담운!"
"……!"
"출옥이다."

만두 하나.
고작 그 하나에 이십 년 옥살이를 한 소년, 담운.
그 답답하고 억울한 마음을 풀어낸다!

무림맹! 구대문파! 명문세가!
겉만 번지르르한 놈들은 다 사라져라!
겉과 속이 다른 너희들을 심판하러 내가 왔다!

Book Publishing CHUNGEORAM

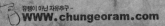

유행이 아닌 자유추구 -
WWW.chungeoram.com